Les 100 coups

A. Smith

Les 100 coups

Roman

LE LYS BLEU
ÉDITIONS

ISBN : 979-10-422-0455-6

Chapitre I
Le meurtre de l'usine

Septembre 1830 à Londres

Il faisait un froid de canard ce jour-là. J'étais en train de lire mon rapport de travail pour le lendemain matin. Dehors, il n'y avait personne dans les rues. Seulement la noirceur de la nuit, très peu de femmes travaillaient, j'étais une des rares à le faire. Mon patron m'a engagée pour être sa secrétaire, j'ai appris à lire et écrire jeune, je n'étais pas issue d'une famille riche, mais ils m'ont donné une éducation. Ce jour-là, c'était différent, j'ai fini plus tôt comparé aux autres jours, je suis rentrée chez moi et je faisais le rapport de travail. Depuis 16 h j'étais en train de taper sur ma vieille machine, il était environ 22 h quand tout à coup une personne tape à ma porte.

C'était mon patron Monsieur Ferrand. Il était Anglais, mais sa famille venait à l'origine de France, il avait l'air paniqué. Je lui ouvris la porte, il avait l'air d'un « spectre », il était tout blanc comme s'il avait vu un fantôme.

FERRAND : C'EST UN MALHEUR MADAME SMITH, IL EST LÀ DANS L'USINE.

Comment ça Monsieur, il y a quoi dans l'usine ? Expliquez-moi. J'essaye de l'interroger, il me répond par « j'ai entendu un cri suivi de 100 coups dans les murs et sur le sol ça se rapprochait de moi. » Il n'arrête pas de répéter cette phrase. Il faisait des rondes le soir, car il y avait eu des voleurs dans le coin, au moins dans 5 usines de fer qui avaient été cambriolées. Mais ce soir c'était différent, après 1 heure en ma compagnie, il est rentré chez lui toujours aussi paniqué. Le matin je suis allée à l'usine, mais comparé à d'habitude à la foule de travailleurs qui couraient pour ne pas être en retard, là c'était une foule de personnes et de travailleurs qui avaient l'air de regarder une chose qui s'était passée, comme si une catastrophe était arrivée. Il y avait des policiers qui prenaient des notes et certains nous disaient de reculer, on aurait dit qu'un crime s'était produit. Mais malheureusement c'était bien le cas !

J'étais devant tout le monde, j'ai vu le corps inerte de la personne, c'était la femme de Monsieur Ferrand. Je ne la connaissais pas énormément, je savais qu'elle s'appelait Sarah Ferrand. Puis après cette scène, j'ai vu qu'ils emmenaient Monsieur Ferrand pour l'interroger. Ensuite, tout le monde criait le nom du policier le plus célèbre, plutôt le Détective le plus célèbre de Londres, il a réussi à déjouer le terrible tueur de la Tamise et les grands voleurs de la bijouterie de Westminster. Personne ne connaissait son prénom, mais son nom de célébrité, tous les journaux ne parlaient que de lui : Le Détective HARRISON. Il était juste là devant mes yeux, il m'a vu et est venu vers moi et m'a demandé si j'étais la secrétaire de Monsieur Ferrand, j'ai répondu : oui, il m'a demandé de le suivre. Je suis montée dans la voiture de ce détective tirée par des chevaux blancs, ce qui était rare à l'époque. Après un long voyage, on arriva au poste de police, il voulait certainement m'interroger. Après des dizaines de minutes à attendre, ils m'ont appelé, et se sont mis à me poser des questions sur la nuit et ce qui s'était passé. Après environ 1 heure, ils sont sortis et j'ai entendu parler d'une chose mystérieuse. Ils disaient qu'ils s'attendaient à d'autres meurtres et criminels d'un nouveau genre, dit : « Le tueur aux 100 coups ».

Chapitre II
L'emploi de la mort

3 mois après

Madame Smith est appelée.

Dans ma tête je me dis, c'est à moi, ne stresse pas.

LE POLICIER *se présente* : Je suis Oscar Johnson, parlez-moi de vous et de votre emploi chez Monsieur Ferrand ! me dit-il.

Je suis Jeanne Smith, j'étais secrétaire dans l'usine Ferrand, fermée pour enquête concernant le meurtre de la femme de mon patron. Il a été accusé d'être le meurtrier, mais il a finalement été libéré.

Je vois, dit l'homme, l'air strict et sérieux.

J'ai un poste de secrétaire dans un bureau de police au 23 christina street. Me dit ce Monsieur Oscar Johnson d'un air souriant, je dis oui immédiatement. En arrivant sur le lieu du travail proposé, j'ai vu énormément de monde courir à l'intérieur. J'ai vu des personnes arriver pour constater des vols ou des meurtres, puis des officiers en costume et enfin le bureau où j'allais travailler. En entrant, je sentais l'odeur de la fumée d'une pipe, sûrement celle de mon futur patron. Je suis secrétaire pour une seule personne, mais qui ? Cet Oscar ne me l'a pas dit pourtant je le vois en officier de police passer dans le couloir ce qui est étrange. Il avait l'air de parler à une personne, mais je ne voyais pas qui c'était. D'un coup Oscar vient vers moi et me dit une chose étrange : vous savez qu'une personne vous a déjà repéré et choisi comme moi, mais moi je suis celui qui l'aide lors de ces enquêtes. Il a enfin eu ce poste même si ce n'est pas là que l'on exerce vraiment.

Je n'avais pas compris jusqu'au moment où il entra dans la pièce : « le Détective Harrison », avec sa pipe à la main, avec un carnet dans sa poche de sa veste, c'était incroyable et il me posa une question. Cette question était un piège : où sommes-nous vraiment ? Et j'ai commencé à répondre : Je dirais que l'on n'est pas vraiment dans un poste de police à Christina Street il n'y en a pas, donc nous sommes dans un bâtiment abandonné ou toutes les personnes présentes sont des vrais policiers, on se trouve dans la banlieue de Londres qui ressemble beaucoup à Christina Street, mais en réalité on est À Canning Town, un quartier un peu plus loin de Londres.

Un silence dans toute la pièce après ce que j'ai dit. Jusqu'au moment où Harrison se met à parler.

HARRISON : Très bien observé Madame Smith plutôt Mademoiselle, vous n'êtes pas mariée, je ne suis pas dupe, la fausse alliance ! Je savais que vous aviez un sens de l'observation, c'est pour ça que j'ai fait une annonce de secrétaire, mais j'ai dit à mon cher Oscar de dire non sauf à vous. Je l'ai engagé pour être celui qui va m'aider pour les crimes à venir, il en est de même pour vous. Je vous ai engagé, car Londres est en danger. Le premier crime était le début d'une longue série, il y en a eu d'autres pour l'instant 4. La femme de John Ferrand, Monsieur Georges de la chambre des ministres, Caroline John la femme de Monsieur Georges ils allaient se marier bientôt et pour terminer John Smith. On ne connaît pas son identité réelle, on la dénomme ainsi. Et vous êtes douée, vous êtes un génie, on a besoin de vous pour nous aider. « Bien sûr Monsieur on commence quand ? »

HARRISON : Maintenant ! Des bruits étranges ont été entendus l'autre nuit, pas très loin de Buckingham. On y va de suite pas le temps de traîner, et oui vous n'êtes pas une secrétaire de bureau, mais vous prenez des notes et vous serez sur le terrain.

D'autres questions ? Et ne m'appelez pas Monsieur Harrison ! Dites simplement Harrison compris ?

Oscar appelle la voiture on fonce.

Et voilà comment je suis devenue Madame Smith, la secrétaire la plus brillante et jeune détective stagiaire de Harrison et de Oscar Johnson. Même si ce métier va m'envoyer le plus souvent devant les terribles meurtriers de Londres, et que je vais malheureusement voir beaucoup de sang et de cadavres et affronter probablement le meurtrier de Londres le plus horrible que tout le monde appelle : « Le Meurtrier aux 100 coups ». Les journaux de Londres en disent peut-être un peu trop, mais on se doit de protéger le pays, surtout Buckingham, ce beau quartier, et notre travail ne fait que commencer pour affronter les bruits et les crimes de ce tueur.

Chapitre III
La nuit de sang

Après avoir regardé le quartier de Buckingham, on a remarqué qu'il s'attaquait à des personnes au hasard, mais il les prévenait par 100 coups et le dernier serait le coup de la mort. Harrison qui venait de me prendre pour être sa secrétaire, parlait à Oscar d'un plan pour éviter la mort d'une ou plusieurs personnes. Harrison avait des idées pour le coincer et Oscar en avait d'autres, ils étaient en train de réfléchir pour prendre la meilleure décision. Le regard des personnes se tournait vers nous, mais avec une certaine passion pour Harrison et avec une certaine peur d'être le suivant dans la liste du tueur. Il y avait des journalistes qui prenaient des notes, après un moment j'ai entendu Harrison et Oscar se disputer concernant un plan stratégique pour arrêter le tueur et j'ai dû intervenir pour éviter un conflit entre eux.

HARRISON : Vu qu'on ne sait pas qui va être la prochaine victime, nous allons mettre des policiers dans tout le quartier. Il y a des personnes qui ont entendu des coups, surtout protégez-les en priorité, car ce sont peut-être les prochaines victimes. Je ne veux pas avoir d'autres morts sur la conscience de la part de ce malade qui tape partout pour faire peur à toute la population. On va rester ici et attendre, il frappe souvent au début de la nuit, mais il risque de changer de tactique, faites attention ! C'est compris ?

TOUS LES POLICIERS *répondent* : Compris Monsieur.

Vers 20 h tout le monde était à son poste, Harrison, Oscar et moi étions cachés pour prendre le meurtrier par surprise. 21 h toujours rien, aucun bruit c'était calme, 22 h c'était toujours pareil pas un bruit, à 23 h rien Oscar et Harrison se regardent et se posent des questions si c'est ce soir qu'il frappera à nouveau. Après 20 minutes d'attente, nous avons entendu des cris et des coups violents dans des objets en fer. Tout le monde était en train de courir vers la maison concernée, Harrison courait en tête, Oscar était juste derrière moi j'avais du mal à cause des chaussures non adaptées, tout le monde se précipita. On était à 30 coups sur 100 et comparez aux autres meurtres avec une seule victime par soir, là on a entendu 4 cris dans la même maison, toute la famille allait probablement être tuée. On entra par la porte qui était entrouverte, le noir complet pas de bougies allumées, il y avait des objets par terre, du verre cassé et du sang, les cris venaient de l'étage. Harrison sortit son arme pour se défendre, tout le monde monta doucement l'escalier en bois pour éviter de faire du bruit. Les coups dans les murs ont cessé à 90 coups. Les cris s'entendaient encore, ça venait de la chambre, le couloir pour arriver à cette chambre était couvert de sang sur le sol et les murs. Un coup, un silence étrange et tout à coup les coups ont repris jusqu'à 99 après plus rien pendant un moment et ensuite au 100e coup un grand cri et un énorme coup qui glaçait le sang arriva, Harrison se mit à courir vers la chambre, nous depuis 5 minutes nous étions terrifiés par ces cris et coups. Harrison ouvrit la porte de la chambre, tout le monde ne faisait plus aucun bruit, la fenêtre était cassée, le tueur s'était enfui par là. La pièce était véritablement morbide, il venait de se passer un véritable massacre : 3 Corps étaient par terre ensanglantés, et accrochés au mur, une femme dévisagée couverte de sang avec un message dans sa main. Oscar était perplexe, il se mit à regarder dans la chambre pour voir s'il n'y avait pas un indice concernant le meurtrier.

Harrison quant à lui, a essayé de remonter le moral aux policiers et se dirigea vers le message et le prit. Quant à moi j'ai essayé de trouver un détail quand soudain j'ai entendu des pleurs. Je me suis dirigée doucement vers une autre chambre, ça avait l'air d'être une chambre d'enfants, les pleurs venaient d'une armoire en bois.

En ouvrant cette armoire, je vis un petit garçon en pleurs, je lui ai demandé ce qui s'était passé et me raconta la soirée.

LE GARÇON : Ma maman a entendu des coups, dès que j'ai entendu les cris de ma sœur et mon frère je me suis caché, ma maman s'appelle Clara Overloud et mon papa Georges Jordan Overloud, ma sœur Julie et mon frère Louis.

Et toi tu t'appelles comment, lui ai-je dit ?

Le garçon me répondit calmement qu'il s'appelait Basile.

Je vois Basile, je vais voir Harrison et lui dire que tu as tout entendu.

BASILE : Harrison, le fameux détective.

« Oui, le célèbre Harrison de Londres, je travaille avec lui, tu ne bouges pas, je vais le chercher. » Je commence à le quitter, quand Basile me dit que j'ai de la chance de travailler avec Harrison. J'arrive vers la chambre où le crime s'est passé. Harrison et Oscar regardèrent le message qui leur était destiné. Un message de menace.

MOI : Harrison il y a un miraculé dans ce crime, un enfant qui s'appelle Basile. Dès que j'ai dit ça, Harrison me montre le message où il était marqué : *Si vous êtes encore dans mes pieds, la mort sera votre prochaine destination Harrison.* Après avoir lu ça, Harrison était en colère : « on a perdu le tueur et une famille a été massacrée. » Il est allé dans le couloir et a crié de rage. Oscar a essayé de le calmer en disant qu'une personne était encore vivante, mais en vain. J'essaye aussi de la calmer et dans sa rage je me suis énervée en disant une chose qu'il ne fallait pas dire : « je lui ai demandé son prénom. » Chose à ne surtout pas faire.

Après des dizaines de minutes, il est allé voir l'enfant et a demandé à Oscar de m'emmener dans un autre endroit. Oscar était triste et furieux aussi, il appelle une voiture et nous emmène dans un quartier riche de Londres. Dans un des restaurants les plus chers, pourquoi dans ce lieu ? Aucune idée, mais je m'inquiète pour Harrison et Basile le pauvre, pourquoi ici à une heure tardive alors qu'une famille est morte. Pourquoi ?

Chapitre IV
La douleur de l'enfance

OSCAR : Bien, faut qu'on parle Madame Smith. Pourquoi avoir demandé le prénom de Harrison ? Personne ne le connaît.

J. SMITH : Je me suis encore énervée, désolée.

OSCAR : Je dois vous parler de Harrison, je ne connais pas son prénom, mais je connais la raison pour laquelle il n'en parle jamais.

J. SMITH : Allez-y, expliquez-moi.

OSCAR : Il a eu une enfance malheureuse, avec des soucis, comparé à vous, il n'a pas eu de famille. Il était dans un orphelinat. Harrison était malheureux. Son premier crime résolu, il avait 19 ans, maintenant il en a bien 30 voire 35 je sais pas, il m'a jamais dit sa date de naissance. Je sais que vous n'avez pas connu vos parents, vous avez été adopté, mais vous avez gardé votre nom d'origine n'est-ce pas ?

J. SMITH : C'est vrai, dites-moi Johnson, vous n'auriez pas dû être dans la Justice ?

OSCAR : Si, mais je n'ai jamais voulu y être, depuis le jour où il y a eu un crime devant mes yeux. J'ai préféré être policier et détective.

J. SMITH : Racontez-moi.

OSCAR : Bien c'était il y a longtemps. Cambridge 1812.

J'étais jeune j'avais 7 ans, celui qui donnait des cours à des enfants de très bonnes familles était décédé, sa mort est survenue le 12 Mai 1812, ce jour-là il y avait plein de policiers et un détective du nom De Wright. Il était célèbre pour avoir arrêté le meurtrier de la femme du ministre de l'époque. Monsieur Henry qui était instituteur est mort ce matin-là. Dans l'endroit où il nous donnait des cours, il y avait des ciseaux de couture qui appartenaient à sa grand-mère. Le jour de son meurtre, j'ai remarqué un détail, au lieu de le penser, j'ai dit à voix haute : « les ciseaux à côté du corps n'étaient pas ceux qui étaient dans l'endroit où il faisait les cours habituellement, mais d'autres, car ce ne sont pas des ciseaux de couture donc l'arme du crime ça se voit à l'entaille dans le corps. » Grâce à ça il avait l'arme du crime et Monsieur Wright m'a dit que j'étais doué. Ma famille n'a jamais voulu que je sois dans la police j'ai tout plaqué, il y a trois mois après la mort de la femme de votre ancien patron, il m'a repéré j'étais simple consultant, il m'a dit de le suivre dans ces aventures à résoudre les crimes, j'ai dit oui immédiatement. Voilà je vous ai tout dit sur moi.

J. SMITH : Je vois, c'était le meurtre de L'Enseignant.

OSCAR : Oui c'est ce qu'ont rapporté les journaux de l'époque.

J. SMITH : Donc vous avez actuellement 25 ans, né en 1805.

OSCAR : Oui ça date, ne me demande pas mon anniversaire. Compris ?

J. SMITH : Compris compris. Ne me demande pas le mien non plus.

OSCAR : Tiens Harrison s'est calmé, il est juste devant, c'est reparti pour la scène de crime.

J. SMITH : Je pense pas c'est pour l'enfant qui a survécu.

OSCAR : Gagné, on y va sinon on aura droit à une dispute, j'ai une chambre de libre pour enfants, vous je ne pense pas.

J. SMITH : Je vis seule, où est votre réel lieu de travail ?

OSCAR : À Westminster. Au 23, c'est notre bureau. On se dit à demain, je pense, car là il va juste poser une question : Qui peut garder l'enfant ce soir, on y va allons-y. Ne perdons pas de temps.

Chapitre V
Le grand Londres

6 h du matin

J. SMITH : Quelle heure est-il ? Oh c'est tôt, bon, go le petit déjeuner.

Très tôt rare, même très rare qu'à cette heure je profite, avant je devais finir des fiches pour mon patron. Maintenant je profite, je sais pas où est le bureau de Harrison, où il travaille je verrai ça plus tard là je mange tranquillement.

Quelques heures après à Londres.

J. SMITH : Excusez-moi c'est pour le bureau de monsieur Harrison au 23 à Westminster.

LE COCHER : Désolé je ne sais pas où c'est.

J. SMITH : Étrange, Oscar m'a dit hier, tiens une personne me fait un signe là-bas.

? : Mademoiselle Jeanne Smith c'est bien vous ?

J. SMITH : Oui c'est moi pourquoi ?

? : Je me présente Charlie le Cocher personnel de Monsieur Harrison il n'y a que moi qui sait où est son bureau, c'est pour éviter que les criminelles arrivent et essayent de le tuer. Comparé aux autres nos chevaux sont tous blancs, c'est moi qui donne l'adresse du bureau aux personnes qui ont vu un crime ou je les emmène directement, mais aussi des fois c'est la station de police numéro 11 seule, elle peut le donner quand les crimes sont assez morbides et étranges à leur goût.

J. SMITH : Je vois Charlie, vous n'avez pas de nom ?

CHARLIE : Non Mademoiselle je n'en ai pas, je n'ai jamais connu ma famille, appelez-moi « Smith » c'est comme John Doe en un mot non identifié.

J. SMITH : Direction le 23 à Westminster.

CHARLIE : Très bien mademoiselle, aussi faudrait-il apprendre tout sur les termes de certains types de meurtres, je vois, vous n'êtes pas mariée !

J. SMITH : Comment ça, ça se voit ?

CHARLIE : Fausse Alliance appartient à la famille qui vous a adopté c'est votre mère qui vous l'a offerte, car elle venait de votre grand-mère adoptive, vous ne la portez qu'en public ça se voit c'est propre à l'intérieur, vous l'enlevez quand vous êtes seule chez vous, vous n'avez plus de contact avec votre famille d'adoption, cause elle voulait que vous épousiez Charles David Un homme d'affaires dans le commerce de Textiles et de mine de charbon.

J. SMITH : Surtout, ne dites pas ça à Oscar et Harrison.

CHARLIE : Ils sont déjà au courant pour Charles David.

J. SMITH : Je suppose Harrison.

CHARLIE : Oui madame.

J. SMITH : Je vois, bref go le bureau de Harrison.

CHARLIE : Oui mademoiselle.

J. SMITH : C'est moi ou ça n'avance pas.

CHARLIE : Ça n'avance pas mademoiselle, il se passe quelque chose c'est sûr, c'est rare que ça n'avance pas.

J. SMITH : Mais il se passe quoi bon sang ?

CHARLIE : Aucune idée, mais je crois que c'est une personne qui bloque la rue, attendez ici je vais vite voir Mademoiselle.

Quelques minutes après.

CHARLIE : Mademoiselle, je sais qui bloque la route, il n'arrête pas de vouloir interroger Harrison.

J. SMITH : Et c'est qui cette personne ?

CHARLIE : Killer.

J. SMITH : Quoi

CHARLIE : Monsieur Killer, J. Killer.

J. SMITH : QUOI LE JOURNALISTE.

CHARLIE : Oui mademoiselle, le célèbre journaliste, il parle du crime hier en hurlant, s'il nous voit, on est très mal.

KILLER : Une famille morte hier soir SEUL UN ENFANT A SURVÉCU. La police n'a rien fait, écoutez-moi Londres, car vous devez vous protéger face à ça. Même Harrison n'a pas réussi en parlant de lui, sa voiture personnelle est là. Demandez-lui pourquoi il N'A pas réussi À ARRÊTER LE TUEUR AUX 100 COUPS QUI

TAPE POUR PAS QU'ON DORME, QUI TAPE POUR QU'ON AIT PEUR DE LUI.

Demandez-lui !

CHARLIE : Oh oh mademoiselle, on a des problèmes, il nous a vus.

J. SMITH : Un peu normal, on est les seuls à avoir des chevaux blancs comme de la neige.

KILLER : Allez, approchez-vous tout Londres de sa voiture personnelle et dites ce que vous voulez savoir sur ce meurtrier. Alors Harrison, c'est la première fois qu'on se voit : quelque chose à dire. Désolé pour ce que j'ai fait, mais tout Londres se pose des questions et on a besoin de réponses. Oh tient Charlie.

CHARLIE : Monsieur Killer, content de vous revoir, ça fait des mois que vous me posez des questions sur les meurtres.

KILLER : Je sais, je sais, bref Harrison vous êtes timide ?

J. SMITH : Désolé, mais il est pas là.

KILLER : Oh désolé madame… Attendez, vous êtes une cliente, vous avez vu un meurtre.

J. SMITH : Heu ! Non, je travaille avec Harrison.

KILLER : Vous, c'est rare d'avoir une femme qui travaille.

CHARLIE : Oui on sait Killer c'est rare, c'est aussi rare de m'arrêter pour interroger les clients que j'amène, je sais, seul le poste 11 de police connaît l'adresse. Et également les personnes qui ont assisté à un crime monstrueux. Je les remarque d'office.

KILLER : Oui je sais, donc elle était là hier, intéressant.

CHARLIE : Vous savez que vous ne bloquez plus la route et que ça commence à avancer.

KILLER : Quoi ? Oh non non non.

J. SMITH : Étrange ce Killer et comique aussi !

CHARLIE : Oui mademoiselle je rigole bien à chaque fois avec lui, la dernière fois il a interrogé une clientèle qui n'arrête pas de lui donner des coups d'ombrelle sur la tête, le pauvre, la cliente qui était à moitié aveugle, croyait que c'était un voleur.

J'étais mort de rire.

J. SMITH : On va bien se marrer avec lui.

KILLER : Mais ARRÊTER J'AI PAS FINI, NON CHARLIE N'AVANCEZ PAS CHARLIIIIE.

CHARLIE : Ah ah ce pauvre monsieur Killer, bref mademoiselle profiter de la vue de Londres.

J. SMITH : D'accord monsieur Charlie.

CHARLIE : Ici la tour Elizabeth.

J. SMITH : Je n'ai jamais été aussi près de ce lieu.

CHARLIE : Ici Westminster, ah on va bientôt arriver au 23 Westminster.

J. SMITH : Je ne vois pas le 23.

CHARLIE : Normal c'est la porte cachée ici, Harrison veut que je j'aille chercher les clients et lui et son bureau restent cachés loin de la vue, à cause des ennemis et des meurtriers comme je vous l'ai déjà dit pour éviter de se faire tuer.

Ça va, Harrison n'a que des meurtriers qui finissent souvent en prison ou à la mort. Pas de grands ennemis non jugés. Je sens que demain on va avoir de la neige, ça se voit au nuage. Bref, au revoir Mademoiselle Smith, on va se revoir souvent, oh ne faites pas attention à certaines choses qui peuvent paraître souvent étranges.

J. SMITH : D'accord Monsieur Charlie, à plus tard.

CHARLIE : À plus tard mademoiselle.

Jeanne entre dans la porte secrète mise sur un côté bien caché le numéro 23.

OSCAR : Non pas ça, Harrison, votre expérience ne marche toujours pas pour trouver les traces du meurtrier sur des objets.

BASILE : Je veux manger Oscar.

OSCAR : Attends un peu argg.

HARRISON : D'après ce que je peux conclure, il prend sûrement des victimes pas au hasard.

BASILE : J'AI FAIM.

OSCAR : J'AI COMPRIS. Oh tiens Jeanne ça va. Ta l'air étrange non, il s'est passé quoi depuis hier soir.

J. SMITH : Question c'est toujours comme ça ici (…)

OSCAR : Heu oui à peu près tout le temps dès qu'il y a des crimes, on fait plein de choses. Harrison a testé une expérience, mais ça ne marche pas, j'ai encore testé, mais on va abandonner, Harrison essaye de trouver le profil du meurtrier et le p'tit Basile est là, car j'avais personne chez moi pour le garder.

J. SMITH : Je vois… c'est compliqué.

OSCAR : Énormément compliqué, surtout que Harrison se penche sur le meurtrier. D'ailleurs, vous avez mis du temps ce matin pour arriver ! Charlie était-il en retard ?

J. SMITH : Non ; il n'était pas en retard, mais on a eu droit à l'intervention de Monsieur Killer.

OSCAR : Ah ! Le célèbre journaliste, on commence à avoir l'habitude, il a bloqué à nouveau les routes de Londres.

BASIL : Ce Killer dit n'importe quoi, mes parents lisaient ses articles qui disaient des choses inintéressantes.

HARRISON : C'est un menteur qui raconte ce que les gens veulent bien entendre. Moi je retourne à mon expérience.

OSCAR : Moi-même qui ne le connais pas beaucoup j'en ai marre de ce Killer ; ne faites pas ça Harrison.

J. SMITH : Je m'attends au pire.

OSCAR : HARRISON NOOO.

BOOOM

HARRISON : Oscar… Vous avez raison pour l'expérience qui ne marche pas. Pourquoi êtes-vous tout noir ?

OSCAR : Eh bien ça a explosé, mais la fumée est allée UN PEU partout, même vous vous êtes recouvert de suie. Je vous l'ai dit, évitez de faire ça Monsieur le génie des expériences ratées, vous savez que je suis meilleur que vous, c'est une certitude.

BASIL : J'AI FAIM. J'ai FAIM.

TOUT LE MONDE : ON SAIT QUE TU AS FAIM.

CHARLIE : Excusez-moi.

HARRISON : Ah Charlie, que se passe-t-il ?

CHARLIE : Il y a un officier de police qui a quelque chose d'important à vous montrer.

OSCAR : Faites-le entrer Charlie !

CHARLIE : C'est là que ça se complique, le policier avait l'air angoissé, il est tombé par terre.

J. SMITH : Ah oui c'est un peu compliqué.

OSCAR : On va faire comment pour le réveiller ?

HARRISON : Ne vous inquiétez pas, une petite expérience avec des herbes ça devrait aller.

OSCAR :…

Silence gênant suite à ce fait

TOUT LE MONDE : PLUS D'EXPÉRIENCE, HARRISON PAR PITIÉ.

HARRISON : C'est bon j'ai compris Oscar, trouvez un remède pour le réveiller. Charlie amenez le dans mon bureau à l'étage, et donnez également à manger à Basil qui réclame sans cesse. Jeanne prépare des notes et aide Oscar. Et toi Basil soit sage. Ça a l'air urgent alors on se bouge, il y a un meurtrier qui court toujours, on doit l'arrêter.

CHARLIE : Juste une petite question, pourquoi avez-vous de la suie sur vous ?

OSCAR : Une expérience de Harrison qui a encore mal tourné… Comme à l'habitude…

CHARLIE : Je vois, LET go pour tout ça.

Après tout ce travail immense

HARRISON : Bien Oscar, utilisez votre expérience avec les plantes.

OSCAR : D'accord Harrison, mais nous n'avons pas enlevé la suie sur nous.

HARRISON : Pas grave, vous lui faites respirer ça.

OSCAR : Voilà c'est fait, il commence à se réveiller.

HARRISON : Bien. Good morning Mister.

OFFICIER : Monsieur Harrison, il s'est passé quoi ? vous êtes tous noirs et je n'étais pas là avant.

OSCAR : Vous savez une nouvelle expérience de Harrison qui a encore mal tourné !

HARRISON : Et vous êtes également tombé par terre devant le bureau, vous êtes de la station 11, je suppose.

OFFICIER : Oui, tenez on a reçu cette horrible lettre.

J. SMITH : Une lettre de qui ?

OSCAR : Et à qui est-elle adressée ?

HARRISON : Merci pour cette lettre. Étrange pas de signature et c'est plié.

OSCAR : C'est peut-être un piège ?

HARRISON : Je sais… Oh

J. SMITH : Quoi oh… Oh mon…

OSCAR : Quoi il se passe quoi… oh mon Dieu… la… vache.

OFFICIER : Je sais dès qu'on a reçu ce courrier j'ai vite couru pour vous prévenir.

OSCAR : C'est une lettre de de…

OFFICIER : Oui, une lettre du meurtrier aux 100 coups.

HARRISON : Une lettre avec des mots étranges. Il a écrit en différentes écritures. C'est une sorte de lettre à la manière des corbeaux. (les personnes qui font des lettres de menaces.)

OSCAR : Il a dit qu'il va attaquer…

J. SMITH : Le parlement ce soir. Et si on est présent, ça va faire boom.

HARRISON : Ce soir il y a une réunion des ministres avec le roi. On est en décembre, ils font toujours une réunion de fin d'année. Surtout que c'est un nouveau Roi : Guillaume IV.

OSCAR : Pas encore sacré roi, le sacrement se fait le plus souvent 1 an après.

HARRISON : C'est vrai ça, mais il est depuis juin successeur du trône donc légitime Roi d'Angleterre.

OSCAR : Si on n'est pas là, ça fait boom également ou pas ?

HARRISON : Oui si on vient c'est tout le monde qui meurt, si on ne vient pas c'est Sir Charles Heric.

J. SMITH : Sir Charles Heric, le banquet qui est devenu ministre des finances il y a à peine une semaine.

HARRISON : Oui c'est bien lui.

OSCAR : Il n'est même pas resté une semaine, il a déjà une cible sur la tête le pauvre !

HARRISON : Mais ça ne serait pas une grande perte ! Sa femme a disparu il y a quelques jours, il l'a trompée, elle s'est enfuie pour l'Écosse rejoindre sa sœur aînée.

J. SMITH : Vous l'avez espionné.

HARRISON : Non, mais c'est une de mes anciennes clientes.

Le tueur aux 100 coups, il y a 3 mois tuait la femme de John Ferrand, puis plus tard Monsieur Georges de la chambre des Ministres et sa femme Caroline John il devait se marier, Raté. John Smith, celui que l'on n'a toujours pas identifié depuis 2 mois environ, je ne sais plus j'ai pas noté, et pour finir Clara Overloud, Georges Jordan Overloud, Julie Overloud et Louis Overloud, c'est la première fois que notre criminel tue une famille entière et dans un terrible carnage. Son arme favorite est le couteau et une sorte de bâton de fer ou de bois pour taper les 100 coups. Mais il a fait une erreur, il n'a pas vu Basile Overloud.

Mais dans la lettre il prévoit de tuer Sir Charles Heric, mais il a changé d'arme, il va garder le bâton et le couteau, mais pour faire une explosion il faut de la poudre, notre criminel devient de plus en plus dangereux à chaque crime et à chaque fois il nous échappe. Ça lui donne des pulsions, un jour il fera une erreur, une victime encore vivante pourra l'identifier, qui sait il a peut-être prévu de me tuer aussi. Londres est en danger, il ne fait pas totalement froid cet hiver, mais dès que le blizzard de couche blanche tombera sur Londres, ses crimes seront moins faciles à exécuter vu que l'on verra dans la neige des traces de sang, mais on n'en est pas encore là. Ce soir, il va probablement tuer Sir Charles Heric. Si on est présent, le seul moyen est de trouver la poudre et si on n'est pas là, c'est J. Killer qui va nous massacrer dans les journaux.

OSCAR : J'en sais quelque chose, pendant une précédente enquête, il y a deux mois concernant une femme morte dans la rue tuée par un fou, qui s'était enfui de l'asile. Le lendemain après avoir arrêté ce fou, les gros titres signés J. Killer : UNE femme morte et les policiers sont nuls pour rattraper un fou allié de l'Asile. Imaginez quand on a vu les sous-titres : Harrison « incapable » de le retrouver à temps pour éviter ce massacre. Suite de l'article avec Madame Ferode qui nous parle de la victime qui était sa sœur.

J. SMITH : Pire journaliste de l'année.

OSCAR : De l'Histoire ce serait mieux, il a détruit beaucoup de détectives, dont le détective Wright dont je vous ai parlé hier soir. J. Killer a commencé jeune aussi comme nous tous. Jeanne, vous avez 23, 22 ans ou 24 ans. Harrison vous avez 30, 35 ou plus jeune, moi 25 ans. Wright il avait 27 ans en 1812 quand j'avais 7 ans on a donc 20 ans de différence il a 47 ans maintenant. J. Killer lui a bien entre 26 ans et 30 ans.

CHARLIE : 27 ans Monsieur, à force de le croiser je connais son âge, mais pas son prénom (je pense le savoir, mais lui ne veut pas en parler).

OSCAR : Merci Charlie. Ce monsieur Killer a commencé à 15 ans il a 2 ans de plus que moi en 1812 il avait 9 ans, Wright 27 ans, il a commencé jeune.

Monsieur Killer en 1818, il a commencé à distribuer les journaux. Il a écrit son premier article en décembre 1818, il a commencé en avril son travail. Wright avait 33 ans, il a eu le droit de se faire démolir via cet article, il a continué, mais il était secret dans cette affaire et à cause de cet article sa popularité a baissé. L'affaire de la double-face. La plus dure toujours pas résolue. Ce J. Killer l'a détruit avec son premier article et lui-même est devenu très célèbre grâce à ça. On est tous sa cible dans ses articles les plus dangereux de Londres et de l'Angleterre tout entière.

J. SMITH : Vraiment le pire.

HARRISON : C'est pour ça qu'on aime rire sur lui, mais on fait attention, car il peut être un danger pour nous surtout avec ces criminels en liberté.

CHARLIE : Monsieur…

HARRISON : Oui Charlie.

CHARLIE : L'officier s'est endormi et vous l'avez oublié…

OSCAR : Effectivement je l'avais oublié moi aussi, attends il dort depuis longtemps ? On l'a complètement zappé.

BASILE : Il n'est pas évanoui, il dort tout simplement, car il ronfle très fort.

CHARLIE : C'est vrai qu'il n'est pas évanoui.

J. SMITH : Basil a raison vu le bruit, « il dort profondément » !

HARRISON : Bien Charlie ; direction la station 11 et après le parlement avant ce soir, allez on se bouge, Basile tu peux rester ici avec cet officier et essayer de le réveiller si c'est possible. Oscar, Jeanne, allons-y, ne perdons pas de temps.

J. SMITH : « Run », comme on dit.

OSCAR : Non non, ça ne marche pas Run simplement, on y va la COMPAGNIE.

J. SMITH : Ridicule.

HARRISON : Oui c'est bien ridicule, Oscar trouve autre chose bref on y va.

Et c'est à ce moment-là que les aventures commencent les aventuriers : Harrison, Oscar Johnson, Charlie notre cocher, et moi-même Jeanne Smith. Ne vont pas s'arrêter de sitôt, je ne pense pas. Et bien sûr de Basile je pense, car il va nous tenir compagnie encore longtemps. Et les criminels ont peur de nous, ça dépend je sais pas. Harrison n'a pas vraiment d'ennemis ni de grands ennemis ni de Némésis, mais j'espère que ce ne sera jamais le cas.

Chapitre VI
Le parlement de la peur

Charlie était à fond avec les chevaux. Nous étions secoués. Le temps commence à être pluvieux. L'heure était grave, c'était la station 11 qui nous avait envoyé l'officier, on fonce pour demander des renforts pour trouver de la poudre dans la cachette sous le parlement. Comme avec Guy Fawkes en 1605.

Ce meurtrier risque de tuer tout le monde si on était là ce soir, y compris le roi d'Angleterre. Ce soir ça va être la panique. « Le parlement de la peur ».

CHARLIE : Nous sommes arrivés, foncez vite, je vous attends ici.

On était en train de courir vers l'entrée de la station 11, un groupe de policiers nous regardaient courir vers le bureau du commissaire. Un ami de Harrison. Le commissaire Fendric.

HARRISON : Fendric, mon cher ami.

FENDRIC : Harrison, je suppose que tu as lu la lettre.

HARRISON : Oh que oui, tu as mis des policiers sur le coup pour la poudre.

FENDRIC : Je savais bien que tu allais remarquer ça, oui on est sur le coup. Tu ne me présentes pas à tes nouveaux amis. Oscar, je le connais juste de nom.

HARRISON : Voici Oscar Johnson et Jeanne Smith, ils m'accompagnent pour résoudre les crimes.

FENDRIC : Bonjour à vous deux, je suis le commissaire Haris Fendric.

J. SMITH : Bonjour Commissaire.

OSCAR : Ravi de vous rencontrer enfin.

FENDRIC : Bien, je suppose que vous voulez connaître le planning de Sir Charles Heric. Vu qu'il a déjà fait deux réunions auparavant, il arrive souvent vers la fin c'est-à-dire 22 h 30 ou 23 h. Ce soir ça va être plus tôt donc 22 h 30, vu que la fin est prévue à 23 h 30. Je mène mon enquête pour vous donner les informations nécessaires. Il faut que tu me l'arrêtes Harrison, on a des familles qui viennent à toutes les stations de police y compris la nôtre pour demander de mettre un officier devant leur maison. Nous sommes débordés depuis 3 mois c'est l'horreur, si on ne trouve pas la poudre à temps vous devrez faire évacuer le parlement à 18 h 30 au tout début de la réunion et nous protégerons Sir Charles Heric.

HARRISON : Je vois, mais la dernière fois c'est à dire hier soir IL Y A EU UN CRIME ET ON ÉTAIT PARTOUT DANS LE QUARTIER, on n'a rien pu faire.

FENDRIC : Je sais.

OSCAR : Bien on devrait foncer.

J. SMITH : Sinon attention à la panique.
OFFICIER : Monsieur, je peux entrer.

FENDRIC : Allez-y ! Vous avez des nouvelles ?

OFFICIER : On n'a pas trouvé de poudre sous le parlement.

FENDRIC : Mince alors il est quelle heure ?

OFFICIER : Bientôt 18 h.

FENDRIC : Harrison, foncez, le temps que vous alliez au parlement il sera 35 ou 40 ça dépend s'il y a du monde à cette heure-là.

HARRISON : Merci mon ami, allez la compagnie, on fonce.

OSCAR : Et c'est reparti.

On courait de nouveau, mais dans l'autre sens vers Charlie. Et direction le Parlement.

L'heure défile rapidement, il est 18 h 10. À 18 h 30, toujours pas arrivé au parlement.

À 18 h 45 on est enfin arrivé. La réunion a commencé depuis 15 minutes. Dehors c'était l'enfer. Tout le quartier était bloqué. Toutes les stations de police de Londres étaient fermées. Tous les policiers de cette station étaient en train de surveiller la zone. Les cochers de la ville les disputaient, car ils ne pouvaient pas passer. Tous les journalistes étaient devant et au plus près certains essayaient de passer la sécurité, mais ils étaient remarqués par certains policiers. La plupart des infirmières étaient là aussi pour soigner les potentiels blessés. Nous étions dehors et pendant ce temps à l'intérieur personne ne pensait être en danger.

Dans le parlement…

LE PREMIER MINISTRE : Bienvenue au député Sénior Francisco qui nous vient d'Espagne.

Nous allons parler des finances de l'Angleterre un peu plus tard vu que Monsieur Sir Charles Heric n'est pas encore arrivé. Avant ça, merci de vous lever pour notre Roi Guillaume IV. Qui vient juste d'arriver. Bien le bonjour notre Roi. Senior Francisco la parole est à vous pour nous parler des accords entre l'Angleterre et l'Espagne, bien sûr un traducteur sera là pour l'assemblée.

Nous étions en train de parler avec les policiers pour évacuer le parlement au plus vite. Harrison était en train de parler avec un qui lui dit que le Roi était entré dans la chambre de l'assemblée dans le parlement.

HARRISON : Mauvaise nouvelle le Roi est déjà à l'intérieur du parlement, cet homme a essayé de dire que c'était dangereux, mais il n'a rien pu faire.

OSCAR : Et pour Sir Charles Heric ?

HARRISON : Il est là-bas, les policiers l'interrogent pour voir s'il sait des choses.

J. SMITH : On va aller le voir.

OSCAR : Bonne idée.

HARRISON : Bonjour Monsieur Sir Charles Heric. On a quelques questions à vous poser. Avez-vous eu des lettres de menace ? Avez-vous été suivi dans la rue par une personne assez étrange ?

SIR CHARLES HERIC : Non pourquoi ?

OSCAR : Comment dire ? Vous êtes sur la liste d'un meurtrier. En un mot vous allez probablement être tué.

SIR CHARLES HERIC : QUOI, COMMENT ÇA !

J. SMITH : Eh bien, vous êtes la prochaine victime d'un meurtrier.

SIR CHARLES HERIC : Mais qui veut ma mort.

OSCAR : Le tueur aux 100 coups.

SIR CHARLES HERIC : QUOIIIIII ! *Tombe dans les pommes.*

OSCAR : Monsieur, ça va ?

HARRISON : Bravo, encore un qui est tombé par terre. Oscar la prochaine fois évitez d'annoncer brutalement cette mauvaise nouvelle. Car les gens ne supportent pas trop ce genre de commentaires.

OSCAR : Compris Monsieur, je suis désolé.

HARRISON : Bien, j'ai discuté avec cet agent, il travaille pour le parlement, il est officier de police, mais pour la garde royale. Il vérifie la sécurité du roi et du parlement, il a essayé de dire le danger, mais les gardes du roi ne l'ont pas écouté.

J. SMITH : C'est-à-dire on va devoir évacuer tous les ministres, les députés et le Roi d'Angleterre.

HARRISON : Eh bien oui, on va devoir évacuer tout le monde.

OSCAR : Bien, il y a pas un livre qui expliquerait comment faire évacuer un parlement avec un Roi qui se trouve dedans à cause d'une réunion.

J. SMITH : Non pas de livre sur ça, pourquoi vous faites cette tête Oscar.

OSCAR : Vous ne vous êtes pas demandé que ça semblait être drôle ce que je viens de dire.

HARRISON : Je reste persuadé que votre humour est nul.

OSCAR : Merci bien Harrison, bien entrons dans ce parlement.

HARRISON : Il va falloir courir.

J. SMITH : Eh bien, courons. Pour L'Angleterre !

Nous sommes entrés dans le parlement. On courait tellement vite pour sauver toute l'assemblée. Au milieu du parcours. On entendit les premiers coups, le meurtrier allait tout faire exploser au 100e coup. Notre vie était comptée. Et enfin nous étions devant la porte de la grande réunion.

LE PREMIER MINISTRE : Bien merci à Senior Francisco. D'après ma montre il est 19 h, Sir Charles Heric arrive à 22 h 30 le temps qu'il ait bien étudié les finances du pays. Je dois vous parler à présent du tueur aux 100 coups, tout le monde peut être sa cible, comme disent certains banquiers. Vous êtes « les heureux gagnants d'être sur la liste d'un meurtrier ». Mais des bruits courent que nous sommes tous concernés ici à l'assemblée. Je devrais dire… Excusez-moi, mais vous êtes qui, vous venez d'entrer sans autorisation. Qui êtes-vous ?

HARRISON : Bonsoir, je suis le détective Harrison. Vous êtes en danger de mort à l'heure actuelle, merci de partir et de courir pour sauver votre peau, le tueur a déjà frappé 25 coups.

OSCAR : Bonsoir je suis Oscar Johnson. Si vous voulez me suivre, la sortie est par ici.

J. SMITH : Bonsoir, je suis Jeanne Smith, désolée de vous demander ça monsieur le Roi. Vous devez vous presser, ça va faire « boom » ici.

LE PREMIER MINISTRE : L'assemblée est reportée, merci de courir dès maintenant. ALLEZ PRESSEZ-VOUS.

Toute l'assemblée courait vers la sortie. Les gardes du roi essayaient de le protéger dans leur course, mais c'était difficile. Le premier ministre dans son ascension vers la sortie demanda à Harrison qui était à côté de lui qui était la personne sur la liste des prochaines victimes. Quand Harrison a dit que c'était Sir Charles Heric. Le premier ministre fut choqué. À peine sorti, le 100e coup était arrivé. Bizarrement, il ne se passait rien, pas d'explosion, ni de coups de feu, ni de coups de couteau, Sir Charles Heric était encore en vie, il était réveillé d'ailleurs.

Rien de rien.

Jusqu'à ce que l'on entendit un 101e coup. C'était la première fois que ça dépassait 100.

À peine le 101e coup, la surprise : des coups de feu arrivaient de tous les côtés. On était tous à terre. Les premières balles étaient vers Harrison comme un signe. Après vers Sir Charles Heric. Puis après 10 minutes à terre plus rien. Aucun mort jusqu'à la dernière phrase prononcée par une personne. Une infirmière, elle avait dit : « Dieu merci personne n'est mort « et d'un coup elle était au sol. D'autres infirmières ont été la voir, elle était décédée…

Puis après c'était au tour d'un policier tué dans le dos. Au moins 5 morts qui n'étaient pas sur la liste. Après 20 minutes de panique, tout est redevenu normal.

OSCAR : Mon DIEU, on a eu chaud.

HARRISON : Ne dites pas ça Oscar, on ne sait jamais pour l'instant Sir Charles Heric est vivant, par contre 5 personnes sont mortes.

J. SMITH : C'est la première fois qu'il fait 101 coups.

OSCAR : Il a attaqué tout le monde, son but c'est quoi : Sir Charles Heric, ou tous ceux qui sont sur place.

HARRISON : Je dirais les deux.

SIR CHARLES HERIC : Monsieur Harrison, est-ce que je suis maintenant sain et sauf pour toujours ?

HARRISON : Je ne pense pas Monsieur, ne bougez surtout pas, on ne sait jamais s'il va attaquer de nouveau.

SIR CHARLES HERIC : Merci bien Harrison je ne bouge pas, tant que je suis en vie ça m'ira, mais bon comme dirait ma mère nous sommes tous des victimes de la vie.

Sir Charles Heric s'écroula au sol, Harrison courut vers lui. Il avait un couteau dans le dos avec un message qui disait :

Le prochain, ce sera vous Harrison signé le tueur aux 100 coups.

Sir Charles Heric était mort, le tueur avait réussi et le grand « boom » c'était les tirs sur nous. On avait échoué, nous n'avions pas pu sauver Sir Charles Héric. Nous n'avons pas pu sauver des vies innocentes. Au total 6 victimes et nous étions tous désespérés, car on n'a rien pu faire.

Chapitre VII
Le serpent de la mort

31 décembre 1830

HARRISON : L'heure est grave, ça fait une semaine que Sir Charles Heric est mort. On n'a toujours rien, et on a aussi oublié de préparer le repas du nouvel an pour ce soir.

OSCAR : Attendez l'heure est grave pour le repas, ou plus particulièrement pour l'enquête.

HARRISON : Pour les deux ce soir, on a besoin de se reposer, surtout Charlie.

OSCAR : À cause de Basile qu'il a gardé toute la semaine.

HARRISON : C'est bien ça.

Plus tôt dans la semaine…

CHARLIE : Je dois garder Basile, à cause de l'enquête : génial. Après des jours de crise de colère de la part de Basile.

CHARLIE : Au secours par pitié, aidez-moi.

BASILE : Je veux du CHOCOLAT.

J. SMITH : Je dire hier avec Basile qui n'arrêtait de demander du chocolat c'était dur, je crois que Charlie a pété un plomb.

OSCAR : Il a pété un plomb, il est énervé à tel point que je ne l'ai jamais vu comme cela auparavant.

HARRISON : De toute façon, il s'énerve avec les chevaux vu qu'il doit aller à la station 11 pour aller voir si on a rien de nouveau.

OSCAR : Il devrait être rentré, ça fait 2 heures qu'il est parti.

HARRISON : Oui c'est étrange, il ne met pas tout ce temps d'habitude.

J. SMITH : Il s'est passé quelque chose sûrement.

OSCAR : Tiens en parlant de lui, je crois qu'il arrive, ça s'entend à sa marche.

CHARLIE : Harrison ! *effondré au sol.*

OSCAR : Bien, tu parles d'une entrée. Meilleure entrée de Charlie au 23 Westminster.

HARRISON : Ne rigole pas trop vite, il tient un courrier.

J. SMITH : Ça dit quoi ?

HARRISON : Le serpent de la mort va arriver Harrison le serpent sera le 102e coup. Le 101e était les coups de feu. Vous vous êtes trop impliqués envers moi. Vous serez peut-être le prochain gagnant de ma liste de morts ; signé : le tueur aux 100 coups.

OSCAR : Un serpent de la mort, attendait ça veut dire quoi ?

J. SMITH : Un poison ou un vrai serpent ?

OSCAR : Ça va, ce n'est pas nous qui avons directement le courrier, mais la station 11… Oh.

J. SMITH : Alors… oh

HARRISON : Quoi Oh Oh OH VOUS allez me le dire… Oh… vous voulez dire que…

Oscar et Jeanne font d'un signe de tête « oui ».

HARRISON : Si la station 11 a reçu le poison, et si un serpent, un véritable serpent vivant et très mortel via une boîte anonyme, pour moi vu que c'est la station 11 qui reçoit votre courrier et vu la réaction de Charlie, il se pourrait qu'il y ait un vrai serpent à la station 11 à l'heure actuelle, ils sont sur des tables en train de crier, car il y un énorme risque de mourir, car c'est dangereux. C'est bien ça ?

Oscar et Jeanne font à nouveau un signe de la tête.

HARRISON : Vous avez perdu votre langue ou vous me prenez pour un débile ?

OSCAR : Non non, Harrison.

J. SMITH : Ça nous amusait de faire ça.

HARRISON : Jeanne je présume que c'est Oscar qui vous a appris ça en vous invitant à un repas. N'est-ce pas ?

J. SMITH : Oui monsieur.

Oscar siffle un peu gêné.

HARRISON : Je vous ai déjà dit que votre humour était nul de nul Oscar. Et en plus vous nous faites perdre notre temps, imaginez un serpent dans la station 11 qui s'échappe dans les rues de Londres, imaginez les titres des journaux, bien sûr de J. Killer étant donné que c'est lui qui écrit ce genre de chose, d'après vous : il écrirait : « Un

Serpent mortel dans les rues de Londres ; plusieurs passants morts, car ils auraient été mordus » et bien sûr sous ce titre accrocheur, un sous-titre humiliant sur nous : « Harrison a raté ce serpent à cause de ces compagnons de route qui s'amusent ». Vous voulez que l'on soit la risée de tout Londres pour le premier janvier 1831. Après quoi, vous irez danser dans la rue, allez-y, je ne vous en empêche pas. JE SUIS HARRISON ET J'AI DEUX COMPAGNONS QUI S'AMUSENT : PIRE DÉTECTIVE DU MONDE À CETTE ALLURE.

OSCAR : Il ne remarque même pas qu'on parle pendant qu'il fait son discours…

J. SMITH : Question « n'aurait-il pas bu hier soir par hasard ? »

OSCAR : Jamais pendant le service. C'est moi qui ne vais pas bien ou n'est-il pas en train de passer sous le bureau ?

J. SMITH : Vous êtes sûr qu'il n'a pas bu ? Ou alors il a pété un plomb comme pour Charlie.

OSCAR : Je dirais ça. Il a pété un plomb !

HARRISON : ET VOUS DEUX VOUS ÊTES DES DIABLES AH ! AH !…

OSCAR : Enfin il nous remarque, ça fait 10 minutes que vous faites un discours et comme vous le dites, il y a peut-être un serpent mortel qui va se déplacer dans les rues de LONDRES.

HARRISON : Oups ! question : comment y va-t-on sans cocher personnel ? Car là, il est à terre.

J. SMITH : Je pourrais essayer de conduire la calèche.

OSCAR : Vous savez conduire ?

J. SMITH : Non.

OSCAR : Harrison d'après vous ?

HARRISON : Je n'ai pas envie de me retrouver dans la Tamise, je suis déjà énervé, on va essayer de prendre un cocher, mais bon Charlie est à terre.

OSCAR : Bien je vais essayer d'intercepter un cocher.

HARRISON : Et faites vite Jeanne pouvez-vous m'aider à mettre Charlie sur une chaise, car il bloque la porte, là où il est placé.

J. SMITH : Bien Monsieur.

OSCAR : J'ai trouvé un cocher Harrison, question pour Basile : on fait quoi ?

HARRISON : Il dort vu ce qu'il nous a fait hier il est fatigué, il va rester avec un Charlie inconscient même si c'est un peu dangereux on devrait appeler une gouvernante pour le garder. Mais je ne sais pas où en trouver une en urgence.

OSCAR : Moi non plus, mais je sais une chose, il faut partir le cocher nous attend, si on est trop long, il va partir sans nous.

HARRISON : Bien Jeanne et Oscar, on fonce à nouveau vers la station 11.

OSCAR : C'est reparti. Passer une semaine sans courir, c'était bien finalement !

HARRISON : Oscar, c'est pas le moment de râler.

OSCAR : Désolé Harrison, mais au moins on avait du repos.

HARRISON : Oscar !

OSCAR : Encore désolé Harrison.

HARRISON : Merci bien Oscar. La prochaine fois vous resterez ici si vous vous énervez pour peu de choses. C'est clair ?

OSCAR : Oui, Monsieur.

HARRISON : Allons-y vers les serpents des tombes, à la station 11, vers le poison et vers l'aventure.

J. SMITH : C'est pas le moment pour un récit, Harrison.

HARRISON : Ha ! Désolé alors bien allons vers cette calèche.

Serré dans une calèche un peu trop petite pour nous trois. Nous parcourons Londres pour aller à la station de police numéro 11. On bouge tellement que Oscar tombe sur Harrison quand il y a des trous sur la route. On saute à chaque petite montée. Les sièges ne sont pas confortables et notre dos est rouge de douleurs à chaque fois que la calèche croise un obstacle.

Harrison était à moitié écrasé par Oscar et par le plafond de la calèche, il se cogne sans cesse... Moi je suis sur le siège et parfois dans les airs quand la calèche se soulève. Ce n'est pas le même confort que l'on avait dans notre calèche personnelle.

Le pire c'est le cocher, il était ivre. Il a sûrement fait la tournée des caves de Londres. Une fois on allait sur la droite, puis sur la gauche. Oscar était pétrifié de peur.

Moi j'étais à moitié malade j'étais assise à l'opposé de la route. Harrison commença à être malade, quand on arriva sur les petites routes en terre c'était de pis en pis, on sautait, on allait de tous côtés, puis Harrison tomba à terre dans la calèche tellement il était mal. Oscar était rouge de peur et de stress. On essayait de s'accrocher pour éviter de tomber. Résultat, arrivés devant la station de police, nous étions tous malades, Harrison se mit à réprimander le cocher. Oscar était écroulé au sol. Moi j'étais sur le point de vomir, à cause de ce trajet catastrophique. Oscar se tenait à moi, Harrison essayait d'éviter de tomber au sol. Après quelques minutes debout à essayer d'atteindre l'entrée sans tomber, nous arrivons enfin à la porte.

Celle-ci était lourde. À peine entrés, le temps de souffler un peu après ce qui s'était passé, la panique nous a envahis.

Tout le monde dans la station était blanc et sur les bureaux ou des chaises. Sur un des bureaux, il y avait une boîte avec une lettre. Certains nous criaient de monter en hauteur pour éviter la créature de mort. Dans la boîte il y avait du poison et un message déjà ouvert marqué : » Le poison c'est juste histoire de vous montrer ce dont je suis capable Harrison, le serpent de la mort se trouve en ce moment même sur votre sol signé : « Le tueur aux 100 coups. »

HARRISON : Je vois bien tout en hauteur qu'il y a un serpent dans le coin.

OSCAR : Déjà que le trajet n'était pas fameux maintenant il y a un serpent, je crois c'est notre pire journée.

J. SMITH : Non la pire c'est quand on était couvert de suie et que nous l'avons enlevé pendant notre trajet vers le parlement.

OSCAR : Vous avez raison sur ce point.

HARRISON : Dites-moi tout le monde, ça fait combien de temps que vous êtes en hauteur sur vos bureaux ?

OFFICIER : Je dirais bien une bonne heure maintenant.

HARRISON : Où est ce serpent ?

OSCAR : Juste… là Harrison.

HARRISON : Ou ça je ne le vois pas. Oh… mais il est tout petit, vous avez peur de cette minuscule bête.

OSCAR : C'est quand même un serpent.

J. SMITH : C'est dangereux.

HARRISON : Dangereux ça, c'est tellement minuscule que ça ne nous tuerait même pas.

OSCAR : Vous êtes sûr Harrison ? Car il y a deux officiers qui sont à terre là-bas qui ont l'air morts vu que leur peau est pâle, ai-je bien raison ?

Un des officiers de police répond : « Oui ils sont morts, mordus par votre serpent en ouvrant la boîte. »

HARRISON : Finalement vous avez raison Oscar, ce minuscule serpent est dangereux.

J. SMITH : On ne va pas rester percher sur des chaises et des tables ou des bureaux pendant des heures au risque que le serpent sorte dans les rues de Londres.

HARRISON : S'il sort, c'est notre mort à tous, car on va se faire humilier par J. Killer. dans un de ces articles.

OSCAR : Bien qui a une idée brillante pour nous sortir de cette situation.

J. SMITH : Personne ne réagit, car ils sont tous blancs de peur, il faudrait attirer le serpent vers la boîte et refermer immédiatement le couvercle. Peut-être avec une souris, mais il n'y a pas de souris ici.

OSCAR : Bien je crois que l'on est mal.

J. SMITH : Eh bien, nous ne sommes pas sortis d'ici.

HARRISON : Bonne idée un simple appât pour que ça se fasse, j'ai toujours un peu de nourriture sur moi.

J. SMITH : Vous êtes sérieux.

HARRISON : Oui, même très sérieux, j'ai un peu de viande dans ma poche, ça sert en cas de besoin.

OSCAR : C'est sûr que ça sert.

HARRISON : Bien une personne peut approcher la boîte, j'ai pris le papier qui était dedans, tenez-vous, vous êtes sur le même bureau que la boîte, envoyez-la-moi délicatement, il ne faut pas qu'elle tombe au sol.

OSCAR : Vous êtes sûr que ça va marcher.

HARRISON : Parfaitement Oscar, je ne rate jamais ce que je fais.

J. SMITH : Pas vraiment Harrison, on en parle de vos expériences !

HARRISON : Vous marquez un point.

OSCAR : Bien on va réceptionner la boîte.

HARRISON : Bien à trois vous nous l'envoyez c'est d'accord. Attention je décompte, un, deux, trois MAINTENANT.

OSCAR : Je vais l'avoir.

J. SMITH : Non c'est moi qui vais l'avoir, gagné c'est moi qui l'ai, tenez Harrison.

HARRISON : Merci bien, je mets le bout de viande, on le pose ici par terre.

OSCAR : Et pour fermer la boîte ?

HARRISON : J'ai pensé à tout Oscar, ne vous inquiétez pas.

J. SMITH : Tiens, voilà le serpent.

OSCAR : La créature de l'ombre avance vers sa proie qui se trouve dans une boîte, le serpent de la mort avance et commence à entrer dans le piège quand celui-ci se ferme, quand il entra en entier dans le cachot de l'ombre. Il entre enfin dans la boîte et Harrison ferma la boîte, le serpent est hors d'état de nuire.

HARRISON : La créature de L'ombre…

OSCAR : Je sais j'ai fait un récit. La bête est maintenant enfermée.

J. SMITH : Nous allons en faire quoi de ce serpent ?

HARRISON : Des expériences faites par moi.

OSCAR : Oh pitié ! ça recommence.

HARRISON : Je rigole Oscar. Votre humour est vraiment lamentable c'était drôle, vous avez cru ce que je disais.

OSCAR : Très drôle. C'est votre humour qui est lamentable.

HARRISON : Non c'est le vôtre.

OSCAR : Non le vôtre.

HARRISON : Le vôtre.

J. SMITH : Vous allez vous calmer. Ce n'est pas le moment de se disputer, vous deux, on dirait carrément des enfants de quatre ans.

HARRISON : Vous n'avez pas tort.

OSCAR : Bien, au moins on est plus sur des bureaux.

HARRISON : Désolé pour ce qui vient de se passer, nous retournons chez nous.

J. SMITH : Ce qui signifie que nous repartons avec le cocher ivre.

HARRISON : OH NON ! Par pitié pas lui.

OSCAR : Malheureusement oui.

J. SMITH : Car il est là.

HARRISON : Bien, accrochez-vous et évitez de tomber malade.

OSCAR : Trop tard, on est déjà malade.

HARRISON : C'est vrai ça.

J. SMITH : Bien bien, accrochez-vous c'est l'heure de reprendre la route de l'horreur pour rentrer chez nous.

À peine rentré de nouveau dans la calèche de ce cocher ivre, que nous étions malades, comparez à l'aller c'était pire, il allait sur la voie qui était dans l'autre sens. On a failli percuter une autre calèche. Pendant toute la route, Oscar essayait de se tenir, mais impossible étant donné la vitesse, il tombait sur le siège, un coup du côté droit, un coup du côté gauche. Harrison était serré à côté de moi. On s'accrochait là où il y avait les fenêtres normalement, mais vu comment était le cocher il n'y avait plus de vitres, avec le vent on avait froid.

HARRISON : Je hais ce… TRAJET.

OSCAR : Je tourne, je vois tout tourner.

J. SMITH : C'est l'enfer.

OSCAR : En plus on se prend le vent, je meurs de froid.

HARRISON : Finalement c'était mieux de vous laisser conduire ma calèche personnelle, Mademoiselle Smith.

J. SMITH : Oui, car là c'est pire que l'enfer finalement, Oh là on saute.

HARRISON : Maintenant les trous dans la route.

OSCAR : Il ne devrait pas être cocher, Oh la la, on va vers l'autre voie de circulation.

HARRISON : Encore ?

OSCAR : Oui encore, on ne s'entend pas avec ce vent, on est obligé de crier.

J. SMITH : Je comprends mieux pourquoi vous avez votre calèche personnelle Harrison, là c'est inconfortable, on va vite, le cocher est saoul, et on sent tous les obstacles sur le chemin.

HARRISON : Et l'avantage c'est que même si on va vite avec Charlie, on ne sent pas la route.

OSCAR : Je suis au plus mal Harrison.

HARRISON : Moi aussi je me sens mal Oscar, on est tous pareils en ce moment.

J. SMITH : Je confirme.

HARRISON : Pitié qu'on arrive vite au 23 Westminster.

OSCAR : Oh la la, Oh la c'est de pis en pis.

HARRISON : Ne vous en faites pas Oscar, on va arriver vivant chez nous.

OSCAR : Vous êtes sûr ?

HARRISON : Enfin, je le pense.

J. SMITH : Je n'ai pas forcément envie de mourir comme ça et vous ?

HARRISON : Pareil, je n'ai pas très envie de mourir maintenant.

OSCAR : Attention trous, accrochez-vous !

J. SMITH : Oh…

HARRISON : Je hais ce transport qui nous met dans une posture inconfortable.

OSCAR : Jeanne, avec vous je pense que ce serait malgré tout plus confortable même si vous ne savez pas conduire.

HARRISON : Aïe ! ma tête.

OSCAR : Ouch ma tête, ça fait mal.

J. SMITH : Vivement que l'on soit arrivé à destination.

Après la longue route de l'enfer pour nos têtes et nos ventres, nous sommes enfin arrivés. Harrison était au point mort, il disputa de nouveau le cocher. Oscar lui s'écroula sur le sol. Moi j'étais en train de me tenir au mur pour essayer d'éviter de me retrouver par terre. Harrison était toujours en pleine dispute ; mais le cocher ne l'écoutait même pas. Oscar essayait de se lever avec du mal, Harrison quant à lui était rouge de colère, après bien 15 minutes de dispute qui n'a servi à rien étant donné que le cocher ne l'écoutait pas vraiment.

HARRISON : Je hais les cochers de Londres. Oscar vous avez la boîte.

OSCAR : Oui, j'ai essayé de la protéger, je vois tout tourner c'est normal.

J. SMITH : C'est normal vu ce qui s'est passé.

HARRISON : Je dois dire que j'ai le ventre qui me fait mal. **OSCAR :** Pire aventure de l'année 1830.

CHARLIE : Vous confirmez Oscar.

HARRISON : Charlie, vous êtes plus en forme, comparé à tout à l'heure.

CHARLIE : Oui je suis en forme désolé d'être tombé, mais la station 11 a reçu un serpent ? vous devriez y aller.

OSCAR : On y a déjà été et le serpent est dans cette boîte.

CHARLIE : Le… LE SERPENT EST DANS CETTE BOÎTE…

OSCAR : Oui.

CHARLIE : Le SERPENT EST DANS CETTE PETITE BOÎTE AH ! AH !

Il tombe dans les pommes.

OSCAR : Charlie ?

HARRISON : Bravo, bravo Oscar, Charlie est de nouveau au sol…

J. SMITH : Et en plus en pleine rue.

HARRISON : Oscar, la dernière fois, ça a fini de la même manière, un homme au sol à cause de vos mauvaises nouvelles, et principalement comment vous les annoncer. À cause de vous on a un cocher à terre. Je sais vous allez me dire que vous ne saviez pas qu'il avait peur des serpents, mais tout à l'heure il était déjà comme ça en rentrant de la station de police, alors on pouvait supposer qu'il avait peur de ces reptiles. Pour la peine, vous allez le porter seul jusqu'à l'étage pour qu'on l'allonge sur un lit, et vous allez lui préparer un bon thé pour qu'il se remette de ça.

OSCAR : Compris Harrison.

HARRISON : Bien, alors, allez-y porter ce pauvre Charlie. Nous, entre-temps, on va voir pour l'enquête. Suivez-moi Jeanne, on va aller dans mon bureau, je crois savoir quelque chose sur notre tueur.

Arrivés dans notre bureau du 23 Westminster, pendant qu'Oscar portait Charlie avec du mal à l'étage, Harrison me montra le tableau où il avait noté les évidences sur lesquelles il était sûr à 100 % concernant notre tueur.

HARRISON : Bien, j'ai noté le numéro un sur ce tableau ; le tueur ne choisit pas ses victimes au hasard. Je vais vous expliquer pourquoi, déjà il attaque des personnes assez riches dans la société et qui ont une place importante par exemple Monsieur Sir Charles Heric, ministre dans les finances de l'état, même s'il est nouveau, il a gagné sa fortune grâce au commerce. Sa femme le quitte. Il avait une grande place. Prenons un autre exemple, la femme de votre ancien patron, vous me direz : quelle importance, mais son mari était riche via ces usines et le commerce, elle parlait pour la cause des femmes, vous savez certaines commencent à protester parce qu'elles ne travaillent pas et n'ont pas le droit de vote, elles commencent à remarquer qu'elles ne sont malheureusement rien dans la société, mais elles parlent énormément de l'évolution des femmes.

Donc la femme de votre ancien patron avait de l'importance. Toutes les personnes mortes à cause de ce criminel étaient importantes dans notre monde. Ce John Smith, dont on ne connaissait pas grand-chose sur lui, bien après des recherches, il serait un nouveau riche, grâce aux chemins de fer. La première ligne a été inaugurée cette année en Angleterre. Donc d'après vous c'est quoi le numéro deux ?

J. SMITH : Il tue ces personnes pour créer la panique dans l'Angleterre, mais aussi dans le monde entier. Certains journaux parlent de ces crimes, y compris en France ou en Belgique.

HARRISON : Pas que ça, et pour la Belgique c'est à voir, ils ne sont indépendants que depuis le 20 décembre de cette année.

J. SMITH : Il crée la panique pour pas qu'on évolue dans la société ni la modernité ni dans le domaine des Femmes.

HARRISON : C'est cela, il veut qu'on ait peur pour que l'on n'évolue pas dans l'Histoire et le temps, donc il a un quelconque pouvoir sur nous, maintenant le petit trois je vais mettre quoi ?

J. SMITH : Plus il fait de crimes, plus il devient dangereux et plus puissant et donc, il a fait un 101e coup avec les coups de feu et le 102e avec le serpent.

HARRISON : C'est exactement ça, mais à force de devenir plus puissant, il va faire une erreur un jour, et comment dire ça. Il l'a déjà faite son erreur.

J. SMITH : QUOI ?

HARRISON : Car il m'a provoqué, en tuant une famille entière, 5 personnes innocentes qui n'étaient pas sur sa liste des victimes à abattre, tuées de sang-froid, Sir Charles Heric, devant nous et enfin d'essayer de me tuer avec un serpent. Vous avez dit que personne ne répondait, car ils avaient tous peur dans la station, pourquoi avez-vous dit ça ?

J. SMITH : C'est logique, quand il y a un danger, l'humain se comporte de deux façons, courir pour sa survie, soit rester pétrifié de peur et ne pas bouger, on a l'instinct de survie, ils ne pouvaient pas vous répondre, car ils avaient peur de mourir donc ils se focalisaient sur le serpent.

HARRISON : Pas mal pas mal, c'est pour ça que je vous ai choisi, votre ancien patron doit être déçu que vous ne travaillez plus pour lui. Mais bon vous deviez vous ennuyer avant.

Vous avez une logique parfaite, un sens de l'observation hors du commun, si je vous ai pris c'est pour m'aider dans cette enquête et dans les prochaines, je ne vais pas vous mentir, mais depuis le début de cette année une menace est sur l'Angleterre je ne sais pas ce que sait, mais c'est très grave. Je recherchais du monde pour m'aider jusqu'à un jour de février, Fendric m'a parlé de deux personnes qui étaient absolument extraordinaires. Il m'a parlé de Oscar Johnson qui était un simple consultant et qui était un véritable génie dans les expériences scientifiques, et qui possédait une mémoire extraordinaire et ensuite il m'a parlé de vous, Fendric m'a parlé que vous étiez simple secrétaire, mais vous avez du potentiel, il vous a mal décrite, une jeune fille remarquable avec un sens d'observation, elle voit tout ce que personne ne voit jamais. Je vous ai pris, car vous avez du talent.

Je vous ai engagé au tout début du premier meurtre, car je savais que ce meurtre ne serait certainement pas le seul. Il y a un ennemi, fort rusé, qui dirige tout cela.

Pour l'instant, je pensais qu'il n'y avait qu'un tueur, mais maintenant, je songe qu'ils vont être plusieurs d'ici peu.

J. SMITH : Comment ça plusieurs ?

HARRISON : Pour cette enquête il y a un seul tueur, mais celui qui dirige les reines de l'ombre doit avoir d'autres complices sous la main, en un mot : dès que l'on va arrêter le tueur aux 100 coups et bien il y en aura d'autres qui vont arriver et être encore plus dangereux que celui-ci. Nous sommes tous sur la liste d'un meurtrier, ou de plusieurs meurtriers.

OSCAR : Excusez-moi de vous déranger.

HARRISON : Oscar, merci pour le thé, Berk, c'est quoi ce goût ?

J. SMITH : Pas terrible.

OSCAR : Mince je l'ai raté c'est la première fois, bien Harrison j'ai fait l'expérience sur le venin du serpent, je n'ai pas attendu que vous me le disiez.

HARRISON : Et donc morte ou vivante ?

OSCAR : Morte en 0,03 seconde.

HARRISON : 0,03 SECONDE ?

OSCAR : Oui, 0,03 seconde plutôt microseconde vu le résultat.

HARRISON : Ce serpent vient de battre le record du cyanure.

OSCAR : Je sais.

J. SMITH : Qui est morte ou vivante.

HARRISON : La souris.

J. SMITH : Vous n'en aviez pas sur vous tout à heure ?

HARRISON : Mais ici oui, je ne vais pas me balader avec une souris dans mes poches tout de même. Surtout si elle s'échappe.

OSCAR : On en trouve dans les égouts (pas de Londres), mais plutôt dans de plus petites villes ou dans les villages. C'est très pratique.

J. SMITH : Je dois dire très pratique.

HARRISON : Oscar, vous n'avez pas fait sortir cette souris par hasard ?

OSCAR : Non pourquoi ?

HARRISON : Car j'en ai une sur mes chaussures…

J. SMITH :… C'est juste une souris.

OSCAR : Je n'en ai fait sortir qu'une seule et elle est morte… Ils se regardent entre eux.

BASILE : Hi Hi Hi !

HARRISON : BASILE !

OSCAR : Basile la prochaine fois que tu fais ça je te le jure tu n'auras plus le droit de faire du dessin.

BASILE : Oh non pas ça par pitié Oscar. Basile fait les yeux doux.

OSCAR : Ça ne marche pas avec moi.

HARRISON : Basile ! Tenez Charlie, étant donné que vous vous êtes réveillé et que vous êtes sur pieds, pouvez-vous vous occuper de Basile ?

CHARLIE : Je viens juste de reprendre conscience et de passer dans le couloir que je dois m'occuper de Basile.

… OH NON PAS ENCORE !

BASILE : OUIII Charlie, je peux monter sur ton dos.

CHARLIE : Au secours.

HARRISON : Voilà une chose de faite.

J. SMITH : Et pour la souris

HARRISON : Bah c'est Blandine.

OSCAR :… Il va pas recommencer.

J. SMITH : Blandine ?

HARRISON : Ma souris domestique, je vais la remettre en cage.

Harrison s'en va remettre « Blandine » en cage.

J. SMITH : Blandine ! il a nommé une souris « Blandine ».

OSCAR : Il est parfois étrange à certains moments.

J. SMITH : Je confirme il est étrange.

OSCAR : En même pas quelques semaines, vous avez remarqué cela.

J. SMITH : Après une souris il va nous adopter quoi ensuite ?

OSCAR : Sûrement le serpent qui sait !

J. SMITH : Oh pitié si c'est ça, je le dispute.

OSCAR : Pareil.

J. SMITH : Vous avez fait des tests sur le cyanure ?

OSCAR : Oui j'en ai fait, Harrison n'a pas encore eu de crimes avec ce produit dangereux. Mais il m'a demandé de faire une expérience pour savoir combien cela mettait de temps pour tuer une personne qui l'a ingéré.

Le cyanure est très difficile à utiliser, on ne le connaît que depuis 1782. On connaît pas mal de choses, mais pas encore tout dessus. Déjà ça tue en quelques minutes voire même quelques secondes ça dépend si la victime qu'on veut atteindre à une maladie, ou est plus âgée, mais souvent ça ne change presque pas le résultat.

On peut comparer par exemple : Voilà une victime, je sais je dessine très mal sur un tableau. Elle est tuée par un couteau, si c'est en public plus facile à voir qui est le tueur, si ce n'est pas un professionnel, mais par contre le cyanure si vous le mettez via une seringue dans une bouteille de vin rouge de France, ne me posez pas la question pourquoi je prends ce type de vin pour l'exemple, apparemment c'est en ce moment, c'est une certaine mode de ne boire que cela. Je reprends donc où j'en étais et bien c'est moins visible de mettre un produit dans le verre de la victime.

Le cyanure est un poison mortel qui agit vite, mais qui fait des meurtres complexes à résoudre.

J. SMITH : Intéressant, comment avez-vous appris tout ça ?

OSCAR : Avec les cours de justice que ma famille m'a fait suivre. Ils ne voulaient pas que j'apprenne tout ce qui était sciences et physique. Je l'ai pris et j'ai adoré, vous savez pour être jugé de la couronne il faut savoir comment les personnes que l'on juge font pour tuer d'autres personnes et leur manière de faire.

J. SMITH : Je vois, d'ailleurs Harrison vous en a parlé de ce qui ce passe ?

OSCAR : Oh oui il m'a tout dit il y a trois mois, mais c'est ce qui m'inquiète. Si cette personne est dans l'ombre, et a plusieurs complices tueurs auprès d'elle, et étant donné que celui que l'on poursuit actuellement sait pas mal de choses sur Harrison, ça signifie qu'il connaît les faiblesses de Harrison et aussi ces forces. La question est : Qui est cette personne ?

J. SMITH : Et comment il connaît bien Harrison ?

OSCAR : Fendric est le seul ami d'enfance d'Harrison, mais s'il y en avait un autre, qui serait devenu son ennemi à cause d'un événement. À cause de quel événement ? C'est pourquoi Harrison ne dit jamais son prénom, ça peut être lié.

J. SMITH : Vous n'avez pas tort.

OSCAR : Jeanne, j'ai une demande à vous faire, allez à la librairie de Londres chercher des livres sur le début de 1800 et essayez de trouver le prénom de Harrison. J'ai déjà essayé, mais c'est comme s'il avait disparu sur tous les documents.

Et je ne peux pas trop vous aider, Harrison ne me laisse pas trop de liberté comparer à vous. Ne lui dites pas, et surtout notez-le dans un petit carnet.

J. SMITH : Compris Oscar, d'ailleurs où est Harrison ça fait bien 15 minutes que l'on parle et il n'est toujours pas revenu.

OSCAR : Vous avez raison, c'est assez étrange. Il n'est pas non plus avec Blandine. Il a dû sortir, mais pour quoi faire ?

J. SMITH : Sûrement pour le repas de ce soir pour la nouvelle année.

OSCAR : Sûrement c'est quand même étrange.

Chapitre VIII
Londres de l'ombre

HARRISON : J'ai réussi à partir en douce.

FENDRIC : Il ne se pose pas trop de questions.

HARRISON : Si, mais ça peut aller, as-tu les nouvelles que je t'avais demandées ?

FENDRIC : Oui, tout d'abord il est devenu riche, via une usine pour le bois et le fer, il gagne beaucoup d'argent sur le nouveau continent, tout s'améliore : les transports, les bateaux, la modernité arrivent à vive allure là-bas. Il n'est pas dangereux j'ai mis un homme sur le coup pour me prévenir.

HARRISON : Merci, il peut être dangereux ce fameux Phil.

FENDRIC : Tu le nommes toujours avec son surnom.

HARRISON : Oh oui, vu ce qui s'est passé.

FENDRIC : Je sais j'étais là, je me rappelle tous les détails.

HARRISON : Tu as de la nourriture pour ce soir ?

FENDRIC : Oui j'en ai, ne t'inquiète pas, il n'y aura pas de meurtres ce soir.

HARRISON : On ne sait jamais !

FENDRIC : De toute façon j'ai mis des policiers de la station un peu partout dans Londres, les autres ont fait de même.

HARRISON : Il vaut mieux on ne sait jamais, bien mon cher Fendric allons au repas de fin d'année, que j'ai moi-même organisé.

FENDRIC : Très bien mon cher Harrison, allons vers ce repas, certainement très délicieux…

HARRISON : Déjà il faut un cocher.

FENDRIC : Étant donné que vous êtes venu à pied, vous n'en avez pas. J'en ai un moi.

HARRISON : Oh, non pas encore lui.

FENDRIC : Vous le connaissez ?

HARRISON : Je l'ai eu aujourd'hui, c'est l'horreur le voyage. Il était ivre et c'était une véritable catastrophe.

FENDRIC : Je sais, je l'ai eu pour venir ici, je crois bien que je suis malade.

HARRISON : Ça vous dit d'y aller à pied ?

FENDRIC : Oui mon cher ami, je n'ai pas très envie d'être malade de nouveau, on recommence notre petit jeu mon cher.

HARRISON : Oui, notre jeu de parler comme des bourgeois.

FENDRIC : On adorait ça quand on était enfant.

HARRISON : On passe des heures à le faire dans le dortoir de l'orphelinat.

FENDRIC : Et essayez d'éteindre les lampes alimentées en gaz pour le feu.

HARRISON : Ah oui c'est vrai la religieuse n'arrêtait pas de nous mettre au coin pour ça.

FENDRIC : Et le coup où le père de la paroisse qui était venu vérifier son orphelinat et où on avait mis un sceau de métal sur une porte, qui évidemment lui est tombé dessus.

HARRISON : En plus c'était pendant le cours de la sœur Anne Marie, elle faisait l'orthographe en anglais.

FENDRIC : On était mort de rire quand il s'est pris le sceau, le pire sa tête était coincée dedans.

HARRISON : Mais comparer, au mauvais moment, on avait eu très peu.

FENDRIC : C'est vrai. Je suis arrivé 1 ou 3 ans après toi, mes parents étaient morts dans un accident de calèche, je n'avais plus de famille, dès que je t'ai rencontré tu m'as remonté le moral, tu étais seul tout le monde t'appelait l'incendier, le meurtrier, j'étais ton seul ami à l'orphelinat.

HARRISON : Le seul et unique.

FENDRIC : De même pour moi, le seul et unique, c'était toi.

HARRISON : Haris Charles John Fendric et Harrison les seuls amis de l'orphelinat, les deux solitaires et solidaires.

FENDRIC : Tu n'es pas obligé de dire tous mes prénoms ; Haris c'est déjà limite, mais Charles John c'est pire.

Surtout quand l'Inspecteur Thuler est venu, et a dit ça devant tous les officiers de mon poste.

HARRISON : Thuler, je pensais qu'il ne travaillait plus.

FENDRIC : Il a repris du service pour une enquête sur la mort des 7.

HARRISON : C'est quoi cette enquête, étant donné que l'on marche vers chez moi, on a tout le temps d'en parler.

FENDRIC : Eh bien apparemment un des premiers crimes sur lequel Thuler a travaillé, c'était le meurtre de 7 cochers, il n'a jamais trouvé le tueur, mais il y avait une lettre sur la dernière victime qui disait : « Je reviendrais dans les temps sombres du siècle, vous ne serez plus que poussière et os, alors que 1831 sonnera son premier jour, 7 autres personnes seront tuées, alors ce sera ton successeur qui aura l'affaire : un inspecteur de police ou un détective, mais il devra être un génie pour réussir à trouver le coupable. »

HARRISON : Je vois, ce soir, l'année 1831 va commencer, il reprend la même façon de tuer que le précédent criminel.

FENDRIC : C'est ça.

HARRISON : Je sens que je vais avoir cette affaire, s'il y a de nouveau 7 personnes.

FENDRIC : Tuer en 1 jour ou 7 jours en plus.

HARRISON : Eh bien, je dois me préparer au cas où.

FENDRIC : Je parie que tu veux des nouvelles de la France.

HARRISON : Ce sont nos voisins, il se passe quoi là-bas ?

FENDRIC : Révolution de 3 jours en juillet 1830, ce mois-ci il y a eu : loi sur la police des afficheurs et crieurs publics, loi instituant la croix de Juillet et plein d'autres choses.

HARRISON : Loi sur les crieurs publics, j'en connais un qui aurait du mal à la respecter.

FENDRIC : J. Killer, journaliste et parfois crieur pour montrer qu'il est avec le peuple et ces articles sont débiles, c'est ça ?

HARRISON : Juste pour vendre, et oui ces articles sont d'une débilité exaspérante.

FENDRIC : Tu as raison quand je lis ces articles : c'est nul de nul. Les articles news ne sont pas écrits par lui et sont nettement mieux.

HARRISON : Pas tort.

FENDRIC : Au fait je dois annoncer un petit truc, Harrison je vais bientôt partir en France pour une enquête parmi la police française.

HARRISON : Donc si j'ai besoin de toi, tu ne seras pas là pour me seconder.

FENDRIC : Mais tu auras mon remplaçant, il est au courant que tu nous aides et que tu travailles pour la station 11.

HARRISON : Et ce sera qui ton remplaçant ?

FENDRIC : James.

Harrison James qui ?

FENDRIC : James Baker.

HARRISON : Je ne le connais pas, un nouveau dans le métier, il vient de quelle station ?

FENDRIC : Il vient du Canada de la station 4 de l'agglomération d'York (Toronto), il va déménager en Angleterre pour se rapprocher de sa famille.

HARRISON : Depuis combien d'années, travaille-t-il là-bas ?

FENDRIC : Ça fait 6 ans qu'il est inspecteur.

HARRISON : J'ai hâte de le rencontrer.

FENDRIC : Ce sera pour bientôt, je pars vers le mois de mars normalement, voir un peu plus tôt, c'est pour une affaire de meurtres et d'autres affaires apparemment.

HARRISON : Tu ne vas pas t'ennuyer en France, même si c'est à moitié royauté et démocratie là-bas, ils ne savent pas se décider.

FENDRIC : Ce sont les Français c'est toujours comme ça. Un coup révolution, un coup Roi.

HARRISON : Eh bien tu vas t'amuser.

FENDRIC : Sûrement et toi aussi avec les crimes à venir.

HARRISON : Ah ah ! oh que oui ça c'est sûr. Eh bien nous sommes arrivés. Ah ! Je crois que Oscar et Jeanne sont énervés contre moi.

FENDRIC : Ça va chauffer, je le sens.

OSCAR : HARRISON ON VOUS ATTEND DEPUIS UNE HEURE, VOUS ÊTES PARTI SANS NOUS LE DIRE.

HARRISON : Pas besoin de crier, j'ai rejoint Fendric pour l'accompagner pour le repas.

OSCAR : Il fallait nous prévenir, on était mort d'inquiétude.

HARRISON : Désolé maman. Si je n'ai plus le droit de sortir sans vous le dire, et bien !

J. SMITH : On a un tueur dans les rues de Londres, attendez désolé Maman.

HARRISON : C'était de l'ironie et bien tout le monde on va faire le repas. Allez hop ! la compagnie.

FENDRIC : C'est ridicule « compagnie ».

HARRISON : Je sais, mais j'adore le dire finalement.

20 h, début du repas

BASILE : Oh génial c'est chic, je suis dans un endroit chic et je mange de la nourriture chique.

HARRISON : Bien, à la révolution de l'industrie et du temps, et vive 1831.

OSCAR : Charlie, la prière.

CHARLIE : Bien, nous remercions dieu pour ce repas, et pour cette année nous prions pour que l'année 1831 soit faite de bonheur et que nous n'ayons pas de malheurs.

Nous prions pour que nous ne soyons pas dans la pauvreté ni dans la misère et que Dieu protège les plus démunis d'entre nous sur cette terre, Amen.

BASILE : Miam miam.

CHARLIE : Il a déjà commencé à manger pendant la prière alors qu'il ne faut pas.

J. SMITH : Charlie, ce n'est qu'un enfant.

HARRISON : Bien, buvons un verre pour 1831.

OSCAR : Et pour que l'enquête avance.

J. SMITH : Et pour avoir sauvé Basile.

FENDRIC : Et pour moi qui vais en France.

HARRISON : Vous avez fini. Merci, santé.

TOUT LE MONDE : Santé.

CHARLIE : Bien alors ce soir, pas de danger Fendric.

FENDRIC : Normalement pas de danger, toutes les stations de Londres sont mobilisées, vous savez certains font les fous dans la rue, d'autres jouent de la musique et d'autres dansent.

OSCAR : Et d'autres mangent chez eux.

J. SMITH : Premier repas de la nouvelle année que je fais avec des personnes.

HARRISON : Depuis que vos parents vous ont viré, car vous avez refusé de vous marier avec ce cher Charles David.

J. SMITH : Comment vous savez ça ?

HARRISON : Je sais plein de choses sur vous.

FENDRIC : Et pour ceux qui se posent la question, oui j'avoue il y a une semaine j'ai prétendu ne pas vous connaître, je vous surveille de loin depuis des mois et je vous fais suivre par mes meilleurs agents, pour Oscar et Jeanne.

OSCAR : Je vois.

HARRISON : Après cette entrée, maintenant le poisson, la viande, le fromage et le dessert.

BASILE : On est pire qu'à Buckingham.

OSCAR : C'est en ce moment en travaux depuis 1826 et ça s'appelait Buckingham. House. Maintenant, juste Buckingham.

HARRISON : D'ailleurs vu l'heure, on va chanter l'hymne de notre pays.

OSCAR : God Save the King. Vous êtes sérieux.

HARRISON : Oui allez c'est pour fêter la fin de 1830.

OSCAR : Okay okay Harrison. J. Smith Un jour on aura de nouveau God Save The Queen.

HARRISON : Un jour, notre Roi est assez âgé et n'a pas de descendance. Il n'y a qu'une Victoria du côté de

Edouard-Auguste duc de Kent et de Strathearn, c'est le quatrième fils de George III.

Oscar, qui sait, on l'aura peut-être un jour comme Reine.

HARRISON : Bien vous êtes prêts, trois, deux, un.

TOUT LE MONDE : *God save our gracious King, Long live our noble King, God save the King! Send his victorious, Happy and glorious, Long to reign over us; God save the King!*

22h30 milieu du repas

CHARLIE : Bien qui veut faire un discours ?

FENDRIC : Moi, mais pas maintenant je ne suis pas très chaud d'être le premier.

OSCAR : J'évite, une fois il y a une personne qui est tombée de sa chaise.

J. SMITH : Sérieusement ?

OSCAR : Oui, car il dormait !

HARRISON : Allez je me lance, bien, je voulais d'abord vous dire que cette année était la meilleure pour moi, tout d'abord je vous ai rencontré Oscar et Jeanne, vous êtes extraordinaires, toi Fendric tu es la meilleure personne du monde, mon meilleur ami depuis longtemps et toi Charlie tu es le meilleur cocher du monde, Basile, tu es un enfant qui embête le monde, mais super sympa, à vous tous bonne année 1831, je sais ce n'est pas encore l'heure, mais bon, bien à la suite du…

Alors qu'il parlait, Harrison fut arrêté par une balle tirée par la fenêtre, elle avait atterri dans le mur.

OSCAR : Mon Dieu !

HARRISON : Je viens d'être visé, c'est la seule fenêtre vers la rue, et très bien cachée et on vient de recevoir une balle dans la pièce.

OSCAR : Harrison, je mesure la balle, je dois dire que c'est la même balle que celle retrouvée au parlement.

CHARLIE : Tout le monde à terre.

FENDRIC : Harrison, je crois que tu es la prochaine victime du tueur aux 100 coups.

HARRISON : Enfin une journée parfaite.

J. SMITH : Quoi comme une journée parfaite.

HARRISON : Je commençais à m'ennuyer, il y a enfin de l'action.

BASILE : J'ai peur.

OSCAR : N'aie pas peur, on est en sécurité sous cette table.

CHARLIE : Il y a de la viande si vous avez faim, sur la table justement.

FENDRIC : Bien, on va rester combien de temps ici, je dois donner l'ordre à mes officiers de trouver ce tireur.

HARRISON : Demande à James Baker.

OSCAR : À qui ?

FENDRIC : Mon remplaçant ? Quand je vais aller en France, il vient du Canada, il est inspecteur, il va apprendre le travail de commissaire, ce qui correspond au Canada au travail d'Inspecteur-chef.

OSCAR : Je vois, j'y pense on est planqué sous une table pour juste un tir.

CHARLIE : C'est vrai ça.

HARRISON : C'est vrai, mais on ne sait jamais…

D'un coup plusieurs coups de feu brisent la vitre en totalité, et transpercent le mur de plein fouet.

CHARLIE : Eh bien maintenant on est bloqué.

OSCAR : Harrison, je crois que ce n'est pas vous la cible.

J. SMITH : Pire journée au monde.

HARRISON : Eh bien au lieu de fêter la nouvelle année à minuit, on va enquêter.

FENDRIC : Enquête sous une table…

HARRISON : Il m'a coupé ma phrase, on ne sait jamais mes chers amis si on est poursuivi par un tueur.

OSCAR : Parfois je vous hais.

J. SMITH : Et comment enquêter, alors que nous sommes les cibles ?

HARRISON : Charlie tu as l'arc que je t'ai demandé avant le repas ?

CHARLIE : Oui je l'ai posé là-bas.

HARRISON : On va riposter avec ça.

FENDRIC : Un arc et des flèches, tu sais au moins viser avec ?

HARRISON : Heu ça je n'y ai pas pensé.

CHARLIE : Aux flèches ou à savoir tirer sur un ennemi.

HARRISON : Les deux en fait !

CHARLIE : Heureusement que j'ai pensé à ramener les flèches, qui sait tirer avec ça ?

J. SMITH : Passer moi ça, j'ai appris à tirer pour la chasse, ma famille adorait cela, par contre moi je déteste bien sûr.

HARRISON : Alors, bonne chance et essayez de le toucher à la jambe pour éviter de le tuer, on aura besoin de son témoignage si on l'arrête.

J. SMITH : Je suis prête.

OSCAR : Tirez.

J. SMITH : Flèche partie.

CHARLIE : Touché, il s'effondre au sol.

HARRISON : Vous êtes sûr que vous l'avez touché à la jambe ?

J. SMITH : Oui pourquoi, il a dû s'écrouler par la douleur, ou la flèche dans sa jambe.

HARRISON : Si vous l'avez tué, je vous garantis que vous allez passer un mauvais quart d'heure.

FENDRIC : Il se relève, il court en boitant, on devrait le poursuivre ? Bah ils sont où ?

BASILE : Partis le poursuivre.

FENDRIC : ATTENDEZ-MOI.

BASILE : Il est tête en l'air, ce Fendric.

HARRISON : VITE IL S'ENFUIT.

OSCAR : Il court vite quand même !

J. SMITH : La flèche est par terre avec du sang.

CHARLIE : Je la prends, je la ramène au labo d'Oscar.

OSCAR : Compris Charlie, il y a du sang dessus parfait pour avancer dans cette enquête.

HARRISON : Il boite, mais il va vite. Attention il tourne.

FENDRIC : ALLEZ MOINS VITE.

OSCAR : ATTENTION, IL VA SAUTER.

J. SMITH : Sauter, alors qu'on n'est pas loin de la Tamise.

HARRISON : Bah justement il va sauter dans la Tamise ou sur un bateau.

FENDRIC : Attendez-moi, il faut que je prévienne mes agents de police.

OSCAR : Et ceux des autres stations, et bien vous n'aurez pas le temps.

J. SMITH : Il saute.

HARRISON : Bien, déjà qu'il court vite alors qu'il est blessé c'est un exploit, mais maintenant nager, c'est un vrai bonheur d'avoir un ennemi robuste comme ça.

OSCAR : Un tueur plutôt.

J. SMITH : Le tueur aux 100 coups.

HARRISON : Je sais, je sais. Je l'ai bien reconnu, il essaye de me tuer, il tue plein de personnes innocentes et leur fait peur. C'est un tueur parfait pour moi.

OSCAR : Bien il s'enfuit en nageant.

HARRISON : Alors passons par le pont on ira plus vite.

OSCAR : Et c'est reparti pour courir.

J. SMITH : Il nage vite.

HARRISON : Alors, allez plus vite sur ce pont.

OSCAR : C'est moi, ou il prend une autre direction que le quai ?

FENDRIC : Attendez moi, attendez, j'ai du mal à reprendre mon souffle, pourquoi vous vous arrêtez ?

HARRISON : Eh bien notre cher tueur a disparu dans l'eau.

OSCAR : Il a pris une autre direction, et puis il a disparu.

FENDRIC : Il a pas pu disparaître comme ça.

J. SMITH : Oh ! si j'en ai peur.

OSCAR : Disparu jusqu'au prochain meurtre.

HARRISON : Ou pas. Ça vous dit de faire un bain de la nouvelle année ?

J. SMITH : On ne va quand même pas se baigner dans la Tamise !

HARRISON : Bien oui on va se baigner pour le retrouver, j'ai l'impression qu'il y a une cachette sous le pont ou à ce niveau-là.

OSCAR : Alors qu'il fait froid. Ça va les foires de glace se sont arrêtées, sinon on serait gelé par la glace qui était sur la Tamise.

J. SMITH : La Tamise serait-elle de la glace cette année ? Pas trop !

HARRISON : Bien on va voir, mais c'est curieux qu'il ait pu nager dans un tel courant.

FENDRIC : Surtout que le courant de l'eau va aller de plus en plus vite, car ils ont détruit le London Bridge.

HARRISON : Pour en construire un nouveau. Il change tout dans cette ville, bref Mademoiselle Smith, je vous conseille de pas y aller, trop dangereux.

J. SMITH : Sauf si vous utilisez cette barque.

HARRISON : En effet je ne l'avais pas vu. Pas de baignade programmée.

FENDRIC : Bien, on va débusquer sa mystérieuse cachette.

OSCAR : Question : qui sait diriger une barque ou un bateau ici ?

J. SMITH : Personnellement je ne sais pas faire.

FENDRIC : Conduire un bateau ou une barque, je sais plutôt diriger des agents de police pour arrêter les criminels…

HARRISON : C'est juste avec des rames donc c'est simple. C'est de la pure logique si on utilise les deux bras à les tourner en même temps avec un angle précis et aussi une vitesse précise, on devrait être stable et avancer plus vite. Pourquoi vous me regardez comme ça ?

OSCAR : C'était pas la question Harrison, vous nous aviez fait un plan mathématique incompréhensible.

J. SMITH : Je n'ai rien compris.

HARRISON : Bien oui je sais conduire une barque.

OSCAR : Parfait, alors tenez ces rames.

HARRISON : Merci bien Oscar, je t'en remercie beaucoup, je suis passé de détective à conducteur de barque.

J. SMITH : Tous sur la barque alors.

FENDRIC : Je devrais au moins prévenir mes agents.

OSCAR : Je vous ai déjà dit que vous n'auriez pas le temps de le faire.

FENDRIC : Bien je monte.

HARRISON : Je commence à ramer.

OSCAR : Bienvenue sous le pont alors.

FENDRIC : Je ne vois rien de suspect.

HARRISON : Moi non plus.

OSCAR : Étrange.

J. SMITH : C'est mystérieux.

HARRISON : Rien de rien.

FENDRIC : Trop calme à mon goût.

HARRISON : J'ai l'impression d'être tombé dans un piège.

OSCAR : J'ai aussi cette impression.

J. SMITH : C'est vrai que c'est trop calme.

FENDRIC : Surtout, ne bougez pas. J'ai eu la même chose il y a quelques années.

HARRISON : Il va arriver quoi, si on bouge mon cher ?

FENDRIC : Eh bien, je dirai qu'on va exploser.

HARRISON : Ne me dites pas que nous sommes dans un piège avec une bombe qui se trouve en dessous de nous et un mécanisme complexe pour qu'elle explose au bon moment si on bouge ou autre chose.

FENDRIC : C'est cela mon cher ami.

OSCAR : Bien nous sommes morts alors ?

J. SMITH : Il y a un moyen de s'en sortir ?

FENDRIC : Malheureusement il y a peu de chance de s'en sortir indemne.

HARRISON : Elle est sous l'eau n'est-ce pas ?

FENDRIC : Pas si sûr.

HARRISON : Comment ça, pas si sûr ?

J. SMITH : La barque…

OSCAR : Vous voulez dire qu'elle est en dessous de cette barque.

HARRISON : Qui laisserait une barque abandonnée pas loin de l'eau sauf si c'est pour un piège !

OSCAR : Des pêcheurs, mais bon vu que le bateau est petit et que c'est la Tamise, je dirais que c'était un piège depuis le début.

FENDRIC : Qui pêche dans la Tamise ?

J. SMITH : Beaucoup de monde, mais moins maintenant depuis la construction des usines.

HARRISON : Nous sommes tombés dans un piège très ingénieux, mais on a été plus que stupides sur ce coup, car on risque notre vie.

OSCAR : Des idées pour s'en sortir vivant et rattraper ce tueur qui a disparu ?

J. SMITH : Déjà ne pas bouger et pour le tueur c'est raté. On va devoir attendre.

FENDRIC : Attendre que des personnes nous voient.

J. SMITH : On ne peut pas bouger, mais on peut crier.

HARRISON : Bonne idée.

OSCAR : Il y a quelqu'un ? Aidez-nous !

HARRISON : Nous sommes pris au piège d'une bombe sous notre barque, sur la Tamise.

FENDRIC : Répondez, si quelqu'un nous entend.

J. SMITH : Aidez-nous, par pitié, aidez-nous !

HARRISON : Bien, je crois qu'il n'y a personne… Des idées pour passer le temps ?

OSCAR : Aucune à part perdre tout espoir.

J. SMITH : Bien, bien.

HARRISON : Silence, j'entends des bruits de pas qui viennent vers nous.

FENDRIC : J'ai une drôle d'impression.

HARRISON : Ces pas sont discrets, mais la personne marche très lentement comme si elle portait quelque chose.

J. SMITH : Harrison…

OSCAR : Vous êtes sûr qu'on ne peut pas bouger ?

HARRISON : Pourquoi cette question ?

J. SMITH : Regardez Harrison.

HARRISON : Une silhouette noire, qui a une arme à feu pointée vers nous, on est visé par le tueur aux 100 coups.

FENDRIC : Il n'est pas seul, une autre personne, une ombre cachée, cachée de nos regards et qui tient une canne dans sa main. J'ai l'impression de l'avoir déjà vu.

HARRISON : J'ai cette même impression, mais qui est-il ?

J. SMITH : Le « commanditaire des crimes », celui qui a engagé le tueur.

OSCAR : Eh bien, nous allons tous mourir.

FENDRIC : Une ombre cachée aux yeux de tout qui va donner ordre de tirer. Une ombre qui se cache dans le Londres de l'ombre.

HARRISON : Et nous qui sommes condamnés à mourir.

OSCAR : Nous allons tous mourir.

J. SMITH : Il a donné l'ordre et il part.

HARRISON : Il tire, mais à côté pourquoi ?

OSCAR : Aucune idée, mais c'est étrange.

FENDRIC : Pourquoi ne pas nous tuer ? Il en a l'occasion.

J. SMITH : Et le tueur qui part, attendez, il y a un mot écrit sur ce mur.

HARRISON : La mort n'arrivera qu'à la vérité. Mais la vérité de quoi ?

OSCAR : Il y a autre chose.

FENDRIC : Il n'y a pas de bombe.

HARRISON : On s'est fait berner alors…

OSCAR : Pas vraiment, il y en a une, mais là-bas sur le mur et pas sous nous.

HARRISON : Je vois… Bien mes chers : bonne année… je pense qu'on est en 1831 !

OSCAR : Sûrement, mais je n'ai pas entendu les cloches, on sort de là ?

J. SMITH : Question : Qui a jeté les rames sur l'eau ?

FENDRIC : Pourquoi cette question ?

OSCAR : Car elles flottent là-bas…

HARRISON : Ce n'est pas moi, enfin presque pas, c'était le plan j'ai juste oublié d'attacher la ficelle autour de la rame que j'aurais dû viser vers les deux individus de tout à l'heure, mais j'ai un peu tout fait louper, j'ai jeté les deux rames par erreur et j'ai tout raté…

OSCAR : Merci, bien Harrison, après vous et vos expériences, vous nous bloquez sur la Tamise, vous êtes le pire détective du monde.

HARRISON : Détrompez-vous, j'ai réussi pour une seule rame, la troisième celle de secours, vous voyez pas qu'on va vers l'endroit où étais ces deux ombres qui voulaient notre mort.

FENDRIC : Il y en avait une troisième ?

HARRISON : Toujours, au cas où on en perd une.

J. SMITH : C'est du génie ça, dites-moi pour le tueur on a des pistes ou pas.

HARRISON : Je vous le dirais demain, mais maintenant on va rentrer, je pense que je vais aller chez Oscar pour la nuit, étant donné ce qui s'est passé aujourd'hui pendant le repas.

OSCAR : Je pense que oui.

FENDRIC : En attendant la fin de l'enquête, il vaut mieux que tu habites chez Oscar un petit moment.

HARRISON : Arrivés sur le rivage, bien on se quitte sur cette joyeuse note on se retrouve demain pour ce que j'appelle le début de la partie, car demain ça va aller de plus en plus vite, j'ai des idées sur le personnage qui pourrait être ce tueur.

J. SMITH : Bonne nuit alors, Fendric vous me raccompagnez, je pense que Harrison va avec Oscar chercher quelques affaires.

FENDRIC : Bien sûr, à demain Harrison.

J. SMITH : À demain. Bien Fendric vous avez des idées pour les noms ?

FENDRIC : Aucune idée, mais je pense que demain ça va être plutôt explosif, disons aujourd'hui, car il est bientôt minuit donc pas encore 1831.

J. SMITH : Alors demain la fin du mystère sur ce tueur.

FENDRIC : Le début de l'enfer pour l'attraper.

J. SMITH : Alors que les choses commencent.

Chapitre IX
Le début de la partie

HARRISON : Bienvenue en 1831, et on commence fort cette journée par un tableau avec des noms derrière.

OSCAR : Cette réunion improvisée est super, une minute ou est Fendric ?

J. SMITH : Aucune idée, il m'a dit qu'il serait là.

HARRISON : Je ne vais pas l'attendre, je vous cite les noms : attention les voilà, le Premier qui est un suspect comme les trois autres marqués ici.

Richard Lover connu pour être un chasseur expert lors des chasses organisées chez lui, ancien de la chambre des ministres, il n'aime personne depuis le scandale qui l'a touché dans les journaux. Il est doué au lancer de couteaux et aux tirs avec des armes, il veut revenir à la chambre des ministres comme par hasard la place s'est libérée, étant donné que celui qui l'occupait a été tué.

Le second est John Carter devenu milliardaire dans le commerce, il est à l'origine un fils de lanceur de couteaux dans un cirque, donc il a dû apprendre enfant. Il est riche et veut aussi la place de ministre, et la famille du petit Basile était des concurrents pour lui, car le père allait prendre sa place dans les réunions les plus importantes du commerce et donc il allait s'enrichir. Pour les armes à feu, je n'ai pas la moindre idée s'il est doué.

Et pour finir Sir George Hugo Sydney je pense que vous le connaissez il est riche voir plus que ça, il a des châteaux sans parler qu'il est Duc, et adore les parties de chasse au renard, et le « Sir » signifie qu'il est chevalier, donc pour le surveiller ça va être dur. Mais sur d'une chose il a fait la guerre, et est doué en armes à feu, en couteaux et autres. Donc dangereux, il adore l'opéra par contre. Et devinez quoi j'ai des places pour ce soir. On va pouvoir le suivre discrètement, car ces ennemis c'est tout le Royaume. C'est l'Angleterre son ennemi.

OSCAR : Donc d'abord on va surveiller ce Sir George Hugo Sydney à l'opéra.

HARRISON : Eh bien oui.

J. SMITH : Et quel opéra on va voir ?

HARRISON : Eh bien comment vous annoncer ça, on va en voir deux. De Mozart.

OSCAR : Deux opéras ?

HARRISON : Oui on va en voir deux, mais le deuxième c'est pour suivre un autre suspect marqué sur ce tableau.

J. SMITH : Ne me dites pas qu'on va voir Les Noces de Figaro et La Flûte enchantée qui sont les représentations prévues pour le mois de janvier que j'ai vu ce matin dans le journal.

HARRISON : Oui on va voir ces deux opéras.

OSCAR : Et pourquoi les surveiller lors d'un opéra ?

HARRISON : Car le jour du meurtre de la famille de Basile il y avait un opéra, un des suspects n'était pas là et l'autre a quitté l'opéra pendant la représentation. Ce soir, à part cet opéra, il y a une réunion entre des familles riches pour des accords importants, ils ont tous reçu une lettre de menaces de mort, bien sûr des agents seront sur place. Lors du deuxième opéra, il y aura une réunion secrète entre plusieurs députés qui ont aussi eu une lettre de menaces.

J. SMITH : Et le troisième suspect vous n'en parlez pas, il n'est pas très opéra ?

HARRISON : Il est plus théâtre, mais il devait être à sa maison, mais aucun de ces domestiques ne l'aurait vu le soir du meurtre de la famille de Basile. Je sais, je tiens toujours compte de ce massacre, car les trois suspects avaient un point commun ce soir-là, un qui était à l'opéra, mais parti, un autre qui n'est pas venu soi-disant malade, mais le médecin ne l'a pas vu et l'autre à sa maison, mais aucune personne qui travaille pour lui ne l'a vu de la soirée et le plus étrange pour les autres meurtres ça s'est passé de la même façon.

J. SMITH : C'est vrai que c'est étrange.

HARRISON : Alors je vous refais cette soirée avec les suspects, j'ai interrogé des témoins et Fendric a fait de même. Sir George Hugo Sydney était à l'opéra juste avant le meurtre de la famille de Basile, une personne est venue auprès de lui et lui a remis quelque chose, il est sorti en courant.

John Carter, le soi-disant malade, a demandé à son employé de prendre ses places pour lui et sa femme.

Et enfin Richard Lover était chez lui, grand chasseur, il a plein de domestiques, mais étrangement ils ne l'ont pas vu de la soirée.

La question est, où étaient-ils ce soir-là et les autres soirs où il y a eu ces meurtres. Mais le pire quand le meurtre se passe en journée, ils disparaissent.

OSCAR : Mais pourquoi ils disparaissent, sont-ils impliqués dans ces meurtres de loin ou de près, ou c'est un d'entre eux le tueur.

HARRISON : Je crois qu'une de ces questions est la bonne, ou toutes bonnes.

FENDRIC : Désolé de mon retard, j'ai eu un petit souci à régler, tiens Harrison, tes places pour ce soir.

HARRISON : Merci pour les places, c'était quoi ton souci ?

FENDRIC : Mes agents ont été stoppés dans leur travail et pareil pour moi, cette personne a été mise en cellule et devinez qui c'était : ce cher Killer. Il nous a interrompus pendant qu'on enquêtait en dessous du pont où on était la nuit dernière.

HARRISON : Au moins bien fait pour lui, bien ce soir quatre places pour Les Noces de Figaro et quatre autres pour La Flûte enchantée, mais ce sera après-demain.

OSCAR : Quatre places ?

FENDRIC : Oui quatre, car je serais avec vous.

HARRISON : Il connaît des personnes qui travaillent là où il y a l'opéra.

FENDRIC : Et qui connaissent les coulisses.

OSCAR : Pratique, si on devait poursuivre le suspect s'il prend la fuite.

J. SMITH : Et pour Basile ?

HARRISON : Il se fera surveiller par l'homme de la situation Charlie.

CHARLIE : Désolé de vous interrompre, mais je serais avec vous aussi.

HARRISON : Comment ça ?

CHARLIE : Bah pour vous déposer devant Covent Garden le grand opéra de Londres.

HARRISON : J'avais oublié ce détail, des idées ?

FENDRIC : Pourquoi pas un de mes agents, il y en a un qui vient d'arriver, il n'est pas encore fait pour aller sur le terrain.

HARRISON : Ce sera parfait pour sa première sur le terrain. Bien on en était où, des questions pour le déroulement des deux soirées ?

OSCAR : Les tenues.

J. SMITH : Il faut des tenues assez élégantes pour l'opéra et pour moi le souci, je ne suis pas une Lady.

FENDRIC : J'espère que vous avez pensé à ça Harrison ?

HARRISON : Je crois que c'est la seule chose que j'ai oubliée, mais avant que vous disiez quelque chose, j'ai oublié que j'avais prévu un plan.

J. SMITH : Qui est ?

HARRISON : De vous laisser choisir ce que vous voulez porter ce soir, j'ai l'argent pour vous, je sais la somme est énorme, mais aller faire les achats dans les boutiques chics de Londres, car le but est de se faire passer pour de riches aristocrates anglais ce soir et lors du deuxième opéra. Car ceux qui vont à l'opéra sont riches, voir plus que riches, ce sont des commerçants fortunés, de la monarchie, des Sir, des ministres et j'en passe, mais le pire, ce serait de les imiter, ils se croient tout permis avec leur argent, et pour finir souvent on n'a pas confiance en eux. Ce soir on se rend dans les flammes de l'aristocratie.

OSCAR : Je n'ai pas trop envie d'y retourner vers l'aristocratie.

J. SMITH : J'ai peur pour ce soir.

FENDRIC : Ne vous inquiétez pas, ça va le faire.

HARRISON : Bien je vous laisse le champ libre pour les achats, moi j'ai de quoi me mettre pour ce soir, on se retrouve ici pour 18 h 30 l'opéra commence vers les 20 h. Charlie va nous y conduire, manger quelque chose avant de partir, quant à moi je fais préparer de quoi nous défendre si le suspect échappe à notre vue.

OSCAR : Très bien Harrison, merci pour l'argent à tout à l'heure.

J. SMITH : Merci bien Harrison.

HARRISON : Bon après-midi à tout à l'heure, Fendric reste un moment, je dois te parler.

FENDRIC : Ils viennent de partir, c'est pour quoi.

HARRISON : Je ne sais pas pourquoi, mais je crois que ces trois suspects sont tous les trois des tueurs, dont un le tueur aux 100 coups.

FENDRIC : Ils sont liés c'est certain.

HARRISON : Et Phil.

FENDRIC : Depuis que j'enquête pour avoir des infos pour toi, il est étrange comme je te l'ai dit, il est riche maintenant, mais le plus étrange c'est qu'il n'a pas de grande maison, ni de domestiques. C'est comme si l'argent qu'il gagne, il en faisait quelque chose, mais je ne sais pas quoi.

HARRISON : Fendric, je crois que nous avons à faire à plusieurs tueurs, mais un seul agit maintenant, je crois que nous avons à faire à une organisation, je sais je te l'ai déjà dit ces derniers jours, mais avant je n'étais pas très sûr de cette hypothèse.

FENDRIC : Et quand vont agir les autres maintenant, tu es sûr de ton hypothèse ?

HARRISON : Dès que le tueur aux 100 coups sera tombé ou même ce soir, on va bien voir Fendric, mais je sens que la soirée va être difficile.

Après le temps libre pour les achats pour la soirée, tout le monde était réuni pour aller à l'opéra, on avait mangé avant, l'officier qui gardait Basile s'appelait David il était nouveau, mais rien qu'à voir sa tête on sentait qu'il allait passer la pire soirée de sa vie. Sur le chemin Harrison expliquait son plan au cas où le suspect s'enfuirait de la soirée, Fendric nous a dit qu'il avait mis ses deux meilleurs officiers à la demeure où devaient se réunir les différentes familles pour les accords. Il nous a dit que c'était au manoir de Madame Carosia, et que les accords parlaient de l'exportation de thé et de bijoux.

FENDRIC : Je vous ai tout dit.

HARRISON : Pas vraiment le nom des officiers mobilisés qui dirigent les groupes là-bas ?

FENDRIC : Les officiers Harry et Craig, ils sont très doués.

HARRISON : Bien, j'espère, on ne sait jamais ce qui peut arriver.

CHARLIE : Nous voilà à Covent Garden, le plus beau et majestueux opéra de Londres, je vous dépose ici, je reste pas loin, je vais avec les autres cochers parler en attendant l'action.

HARRISON : Merci Charlie, Mademoiselle Smith besoin d'aide pour descendre ?

J. SMITH : Oui je voudrais bien un peu d'aide, la robe s'est encore coincée.

OSCAR : Bon dieu c'est magnifique cet opéra.

J. SMITH : Merci bien Harrison.

HARRISON : Prêt pour la soirée ?

FENDRIC : Prêt de prêt.

J. SMITH : Prête à entendre un opéra.

OSCAR : Prêt à souffrir des oreilles.

HARRISON : Alors on y va et bon opéra.

J. SMITH : C'est quoi ceci ?

HARRISON : Le résumé de l'opéra, c'est chanté en italien donc il donne ceci pour que le public comprenne.

OSCAR : Pourquoi il parle du Barbier de Séville ?

HARRISON : Car c'est une pièce ou un opéra qui se passe avant Les Noces de Figaro, mais ce n'est pas Mozart qui l'a fait, mais un Français.

J. SMITH : Tiens voilà notre suspect Sir George Hugo Sydney.

FENDRIC : Il est bien habillé, il est seul apparemment.

OSCAR : Silence, le rideau s'ouvre.

HARRISON : Bon opéra, c'est l'Acte 1 sur 4.

Acte 1 de l'opéra : à peine commencé que l'acte 1 de la soirée était déjà commencé, dans Londres un petit Théâtre faisait un spectacle de Molière avec très peu de monde, mais ce soir-là tout allait changer, car malheureusement ce théâtre allait être détruit pour attirer l'attention à toute la police de Londres, pendant ce temps au Manoir de Madame Carosia, les officiers avaient trouvé deux lettres mystérieuses, une, signée du tueur aux 100 coups et une autre d'un tueur qui n'avait pas encore de nom. Au même moment, Madame Carosia sortit demander ce qu'elle devait faire ; les officiers lui on dit de se cacher avec les enfants au cas où. Alors qu'à l'opéra l'Acte 1 était fini que l'Acte 2 commençait avec l'air de « Porgi, amor, qualche ristoro » c'est alors que l'acte 2 de la soirée commença, au manoir un coup se fit entendre Craig demanda à Harry d'amener les lettres des deux tueurs et une lettre écrite de sa main et de chercher Fendric et Harrison de toute urgence, dans l'opéra l'air « Voi, che sapete che cosa é amo » commençait à peine que notre suspect reçût un papier, Harrison se leva et nous faisions de même, nous allons faire une course poursuite face à notre suspect.

HARRISON : Monsieur George Hugo Sydney, vous êtes en état d'arrestation ! il prend la fuite.

FENDRIC : On gâche l'opéra.

J. SMITH : Attends-moi j'ai du mal à courir avec cette maudite robe.

OSCAR : Je vous attends Jeanne.

HARRISON : Sir George Hugo Sydney revenait immédiatement.

FENDRIC : Il se dirige vers les coulisses.

OSCAR : On arrive c'est juste qu'on a un souci de robe de ce côté.

HARRISON : Arrêtez-vous immédiatement Monsieur ! Je suis sur scène là…

Sir George Hugo Sydney : Je crois bien Détective Harrison et moi également.

HARRISON : Pourquoi vous nous fuyez ?

Sir George Hugo Sydney : Car j'ai à faire.

HARRISON : Vous êtes le principal suspect pour les différents meurtres, donc vous êtes probablement le tueur aux 100 coups.

FENDRIC : Ils sont sur la scène et tout le public est au courant… Demain on va faire bonne presse, la police anglaise.

J. SMITH : On dirait qu'ils font une sérénade.

OSCAR : Il reste que le chant et ce serait parfait.

FENDRIC : S'ils chantent, j'appelle ça l'opéra d'Harrison face à Sir George Hugo Sydney.

HARRISON : Sir George Hugo Sydney, venez ici.

Sir George Hugo Sydney : Vous pouvez m'appeler George Sydney ce sera plus simple pour vous.

HARRISON : En plus vous vous moquez de moi.

Sir George Hugo Sydney : Oui, car vous êtes le pire détective au monde, Harrison.

HARRISON : Revenez là !

FENDRIC : Il va sortir, Oscar sortez par ici avec Jeanne et essayez de l'attraper.

HARRISON : Au nom de la loi britannique, vous êtes en état d'arrestation pour le crime de plusieurs personnes sous le nom du tueur aux 100 coups.

HARRY : Monsieur Fendric pourquoi Harrison poursuit George Sydney ?

FENDRIC : Bonsoir Harry, car il est un des suspects potentiels, il se passe quoi au manoir ?

HARRY : Des mauvaises nouvelles, tenez.

FENDRIC : Bon sang, Harrison.

OSCAR : Monsieur on a eu Sir George Hugo Sydney je lui mets les menottes.

HARRISON : Bien joué, Fendric, tu as l'air affolé, il se passe quoi ?

FENDRIC : Tiens ça.

HARRISON : C'est pas vrai, Charlie vient immédiatement, Oscar et Jeanne restez là, le manoir est en danger.

CHARLIE : Oui Monsieur ?

FENDRIC : Il faut aller au manoir de Madame Carosia immédiatement.

CHARLIE : Compris, accrochez-vous Monsieur Harrison et Monsieur Fendric. Sinon vous risquez de vous cogner la tête. On y va.

Charlie part avec Fendric et Harrison, que l'acte 3 commença, dans ce théâtre la soirée venait de se terminer, le propriétaire disait au revoir aux spectateurs et à ses artistes, mais avant de partir il faisait une ronde et il vit quelque chose, de la poudre à canon, il fonça vers la sortie et cria de vite reculer. En même pas 5 secondes après qu'il soit sorti, son théâtre explosa, l'explosion fit un bruit pas possible que tout Londres avait entendu le bruit.

FENDRIC : C'est quoi ce vacarme ?

HARRISON : Et bien mon cher Fendric je dirais une explosion vu le nuage de fumée qu'il y a là-bas vers le centre de Londres.

FENDRIC : Bon sang, mais il se passe quoi ?

HARRISON : Il se passe que l'organisation s'est officiellement réveillée.

OSCAR : C'est quoi ce bruit effroyable ?

Sir George Hugo Sydney : Le bruit du commencement.

J. SMITH : Le commencement de quoi ?

Sir George Hugo Sydney : De ça.

OSCAR : Aïe mon pied, revenez immédiatement.

J. SMITH : Attends-moi Oscar.

OSCAR : Revenez.

Oscar se prit un coup et tomba l'acte 4 de l'opéra commença : l'acte de la violence et du début des tueurs à Londres. Le dernier acte de la pièce. Une ombre dans le noir se mit devant Oscar. Oscar était assommé par le coup qu'il venait d'avoir, un coup de canne d'une ombre familière, elle ressemblait à la même que la nuit dernière. Mais contrairement à la nuit dernière, il parlait.

Ne vous inquiétez pas pour lui il ira bien.

J. SMITH : Vous êtes qui ?

Appelez-moi l'homme de l'ombre.

J. SMITH : Vous êtes celui qui fait tout ça ?

L'HOMME DE L'OMBRE : Je suis le chef de tout cela, et ce n'est que le début, je connais tout sur Harrison, vous ne savez rien, n'est-ce pas mademoiselle qui a fui le mariage.

J. SMITH : Vous êtes en train de me narguer.

L'HOMME DE L'OMBRE : Oui je sais, car je rentre quand la partie est terminée et qu'à la fin quand tous les tueurs seront en puissance ou arrêtés par ce Harrison qui va tomber dans un piège.

J. SMITH : Comment ça ?

L'HOMME DE L'OMBRE : Et bien le manoir.

J. SMITH : Je vais aller le…

L'HOMME DE L'OMBRE : Le prévenir jamais, ma vraie identité vous ne le serez qu'à la fin, mais sachez une chose Harrison est pareil que ces tueurs et dangereux et capable de tuer et je vais dire la vérité, posez-vous une question ? Quel est son prénom, vous ne le savez pas, moi oui.

J. SMITH : Comment vous le savez ?

L'HOMME DE L'OMBRE : Je ne vais pas vous le dire, ce serait trop facile, mais en ce moment Harrison, va bientôt tomber dans le piège.

CRAIG : On est à 50 coups Madame Carosia, ne vous inquiétez pas on vous protège, votre mari est en sécurité, de même pour les autres membres de la famille.

MADAME CAROSIA : Et quand vont arriver les renforts que vous aviez envoyés ?

CRAIG : D'ici quelques minutes.

FENDRIC : Charlie fonce encore plus vite.

HARRISON : Donc, Harry vous a prévenu, vous lui aviez donné quoi comme ordre ?

FENDRIC : De prévenir les autres stations.

HARRISON : Ils vont tous foncer vers cette explosion.

OFFICIER : On est à 60 coups, il accélère, Monsieur on fait quoi ?

CRAIG : On va devoir attaquer et défendre ce manoir et ses occupants.

HARRISON : Charlie, allez plus vite.

CHARLIE : Si je fais ça, on risque un accident…

HARRISON : Je sais, mais là c'est urgent, car on va être peu nombreux, ils vont tous se rendent à Londres à cause de ce qui vient de se passer. Étrangement je devine que l'explosion était programmée.

FENDRIC : Je sens que l'on se dirige tout droit vers un piège.

HARRISON : J'ai la même sensation.

CHARLIE : J'ai aussi cette impression, Harrison est ce que je vous dépose devant le portail ou devant le manoir ?

HARRISON : Devant le portail, j'ai un plan pour capturer ce tueur.

FENDRIC : Lequel ?

HARRISON : Tu verras.

CRAIG : 80 Coups, attendez, j'entends quelque chose qui arrive vers le manoir. C'est Fendric et Harrison, nous sommes sauvés.

HARRISON : Merci Charlie, nous voilà dans ce manoir, à ce que je vois tes officiers ont essayé de protéger le manoir, avec du mal !

FENDRIC : Pourquoi tu dis ça ?

HARRISON : Lui par exemple, il se trouve derrière la fenêtre à nous regarder. Celui-là, il n'arrête pas de tourner autour du manoir à la recherche du tueur.

FENDRIC : Celui à la fenêtre c'est Craig.

HARRISON : Il a dû nous entendre arriver alors.

CRAIG : Désolé, je viens de vite descendre les escaliers pour vous apporter les nouvelles, nous sommes actuellement à 85 coups.

FENDRIC : Merci bien, au passage Harry m'a tout apporté, il va essayer de chercher des renforts à Londres, je ne pense pas que vous soyez au courant, mais il y a eu une explosion.

CRAIG : On a entendu un bruit, je pense que c'est cela, dis-moi pourquoi Harrison a pris une canne et l'a fait bouger dans les airs comme ça.

FENDRIC : Aucune idée, il m'a dit qu'il avait un plan, et aussi apparemment on est tombé dans un piège.

HARRISON : Dites à celui qui court autour de ce manoir qu'il fait ça pour rien, et que les tueurs sont déjà dans le manoir. Et oui les deux tueurs, car ce soir il n'est pas venu seul, et pour la canne c'était juste pour voir le vent, ils sont entrés par la fenêtre du 3e qui est ouverte et toutes les personnes qui se trouvent dans le manoir sont en danger. Ils sont entrés avec une corde pendant que vous étiez en train de surveiller la réunion à l'intérieur et je suppose que la seule personne qui était dehors, c'était

Harry, le papier était un leurre, pour qu'ils puissent entrer, mais aussi pour que je vienne. En conclusion nous sommes tous en danger.

FENDRIC : Et tu as compris cela quand ?

HARRISON : Lors du trajet pour le papier qui était un leurre et quand j'ai vu ton officier Craig à l'étage qui nous regardait, j'ai vu que la petite fenêtre du 3e était ouverte. Je suppose que le 3e c'est le grenier, d'ailleurs qui laisserait une fenêtre ouverte à cet étage ? Et pour le piège c'est quand tu as dit que l'on se dirigeait tout droit dans un piège. Je m'en doutais, car il a essayé de me tuer, mais je voulais savoir si tu devinais aussi ce piège.

FENDRIC : Donc on est en danger à cause d'une fenêtre et de toi.

HARRISON : Exactement.

CRAIG : Veuillez m'excuser, car nous sommes à 100 coups, Monsieur Fendric.

FENDRIC : Eh bien.

HARRISON : Que la partie commence, Monsieur le tueur, plutôt Messieurs les Tueurs, je sais que vous êtes ici, je sais que vous m'entendez, je vais entrer dans ce manoir, mais promettez une chose : que tout le monde sera épargné. Fendric faites sortir les familles par les portes qui se trouvent sur les côtés, je gère. Je vois que vous ne parlez pas au tueur aux 100 coups et son petit ami le tueur de l'inconnu. Oui inconnu, car il n'a pas encore de nom donné par les journalistes, c'est ça que vous aimez les journalistes de Londres comme ce Monsieur Killer qui parle tout le temps de vos crimes, vous êtes dans la lumière via vos tueries et atrocités. Vous êtes un monstre qui n'est même pas capable d'affronter face à face le détective qui enquête sur vous. Vous voulez ma mort alors allez-y, tuez-moi, je suis là, en plus je suis en train de rentrer dans ce manoir. Essayez de me tuer, ce sera un jeu d'enfants, allez tuer moi !

Alors que Harrison faisait un discours prenant, le tueur décida de tirer vers Harrison.

HARRISON : À ce que je vois vous avez compris, mais vous tirez à côté, je vois que vous avez tous les deux des ordres, de ne pas me tuer, intéressant je dois dire, tous les deux vous êtes des petits chiens qui ont un maître qui vous donne les ordres, même vous tueur aux 100 coups, vous obéissez à une personne, vous n'êtes pas libres de vos actes, de vos meurtres, vous êtes de simples pions sur un échiquier qui sont placés pour me barrer la route. Vous tueur aux 100 coups, vous pensez être doué, mais vous êtes soumis, je ne vous imaginais pas comme ça.

Un deuxième coup de feu retentit.

HARRISON : Encore raté, la prochaine fois vous allez me toucher vous deux, surtout le nouveau celui qui est encore inconnu, je suppose que vous serez le prochain tueur juste après celui qui vous guide et dès qu'il sera arrêté et pendu. Je suis pourtant sur votre liste de personnes à tuer et vous n'y arrivez pas, car vous n'avez pas l'ordre, mais pourquoi ? Car vous devez demander, mais à part ça, pourquoi pas maintenant, je suis devant vous si votre chef et vous-même voulez ma mort pourquoi je suis toujours en vie ? À moins que votre chef ait besoin de moi, mais pourquoi ?

J'attends votre réponse, mais apparemment vous restez dans le silence et dans l'ombre, vous n'êtes pas dans les abysses, mais ici dans ce manoir dans le noir à me regarder, vous avez peur de moi n'est-ce pas ? Vous n'allez pas me répondre c'est bien cela ? Peur que je reconnaisse votre voix, je dois m'avouer vaincu pour vous faire parler. Mais je ne m'avoue pas vaincu pour vous retrouver, tueur aux 100 coups et aussi vous le nouveau tueur, je vais vous attraper.

Un troisième coup de feu retentit !

HARRISON : Loupé ça devient désespérant à force.

FENDRIC : Harrison.

HARRISON : Que fais-tu dans le manoir Fendric ?

FENDRIC : Eh bien, il y a une énorme urgence.

HARRISON : Une urgence ? Je discute avec les tueurs qui ne sont pas très bavards. C'est quoi l'urgence ?

FENDRIC : Sir George Hugo Sydney s'est échappé et Oscar est assommé.

HARRISON : Comment ça assommé ? Ne me dis pas que notre suspect lui a donné un coup sur la tête et qu'il est tombé. Tu es entré ici pour me dire ça, alors que tu es dans un endroit dangereux.

FENDRIC : Il n'y a pas que ça il y a aussi.

Plusieurs coups de feu arrivent vers Fendric et Harrison.

HARRISON : Tu me diras la suite plus tard, là ils sont enfin prêts à me tuer, Fendric je te conseille de courir te mettre à l'abri, nous sommes pris au piège.

FENDRIC : Tu me disais qu'ils n'étaient pas très bavards.

HARRISON : Ils ne discutent pas, mais savent répondre par des coups de feu.

FENDRIC : Et des couteaux aussi.

HARRISON : Aussi des couteaux dans les murs, depuis un moment ils tirent à côté de moi sans rien faire, depuis que tu es là, il y a de l'action.

FENDRIC : Courir, tu parles d'une action, on court pour sauver notre vie.

HARRISON : Je sais, mais c'est plus marrant comme ça.

FENDRIC : Marrant, tu trouves cela marrant. Harrison, parfois je ne te comprends pas.

HARRISON : Normal, tu n'as pas connu les grandes poursuites entre moi et plusieurs tueurs.

FENDRIC : Si j'ai connu, mais de loin.

HARRISON : C'est vrai, mais là au moins, tu es dans l'action.

FENDRIC : Dans l'action à vivre, j'espère…

HARRISON : Attention, on tourne à droite.

FENDRIC : Sûr de toi pour la droite ?

HARRISON : Sûr, oh que oui !

FENDRIC : Je peux reprendre ou j'étais avec Oscar ?

HARRISON : Pas maintenant, attention il tire vers toi mon cher.

FENDRIC : Bon sang, il est rapide pour tirer.

HARRISON : Maintenant au couteau de l'autre tueur.

FENDRIC : Attends tu es en train de retenir leur méthode de chasse ?

HARRISON : Exactement.

La course entre les tueurs et nos deux compères se poursuit jusqu'à un mur. Pas d'issue, pas d'échappatoire, alors que les tueurs étaient cachés et tiraient toujours vers eux. Harrison n'avait aucune solution possible, pas de porte ni de fenêtre, la seule échappatoire était de retourner sur leur trace, mais il y avait un risque de se faire tuer.

FENDRIC : J'avais dit, pas à droite.

HARRISON : J'aurai dû t'écouter, je réfléchis à un plan de secours maintenant. J'ai une idée, mais tu dois me faire confiance, mais avant cela étant donné le risque dis-moi la suite.

FENDRIC : La suite de Oscar qui est assommé. Et bien il ne sait pas fait assommer par Sir George Hugo Sydney.

HARRISSON : Par qui alors ?

FENDRIC : L'homme de la dernière fois, celui qui était tapi dans l'ombre, Jeanne m'a tout raconté, elle est dehors en ce moment, ce sont des officiers qui l'ont trouvé par hasard lorsqu'il allait faire cette explosion. Ils l'ont emmené en vitesse ici en disant qu'elle travaillait pour vous. Oscar, quant à lui, il est en piteux état avec des infirmières, il est totalement sonné.

HARRISON : Donc cet homme s'est enfin montré au grand jour.

FENDRIC : Il lui a parlé, il a dit qu'il s'appelait L'homme de l'ombre.

HARRISON : Stupide comme nom, venez par ici Fendric, pendant votre histoire j'ai vu ce petit endroit et regardez là-haut.

FENDRIC : Le tueur. Mais c'est…

HARRISON : Chut pas de bruit, oui c'est lui par contre je ne sais pas si c'est lui le tueur aux 100 coups ou le nouveau tueur.

FENDRIC : Je dirais le tueur aux 100 coups, il tient un pistolet et il a l'air plus expérimenté.

HARRISON : Je pense que tu as raison, car regarde là-haut l'ombre juste derrière lui, il a l'air plutôt farouche et reste en retrait.

FENDRIC : Ici au moins ils ne peuvent pas nous voir.

HARRISON : Yes, on est pas dans leur champ de vision, mais ce qui est étrange c'est que ça nous mène à un endroit où il n'y a qu'une entrée et une sortie. Tu penses comme moi ?

FENDRIC : Je vois où tu veux en venir, mais tu ne les as jamais trouvés.

HARRISON : Un passage de Nicolas Owen ici, c'est probable, ce manoir existait déjà quand il était en vie.

FENDRIC : De 1550 à 1606, je pense que oui.

HARRISON : Le seul souci est que les passages secrets de Owen sont durs à trouver, mais parfaits pour se réfugier ou s'enfuir dans un labyrinthe de couloir sombre et que la sortie est impossible à trouver.

FENDRIC : Les bibliothèques ici, il y a peut-être un livre qui ouvre un passage secret.

HARRISON : Trop classique, Owen a fait des entrées très complexes pour ces passages secrets, par exemple Fendric, vous voyez ce mur, un petit morceau de bois invisible à l'œil nu peut ouvrir un passage secret. C'est pour cela que les passages de Owen sont impossibles à trouver.

FENDRIC : Alors les chandelles sur les murs ?

HARRISON : C'est complexe, mais aussi classique pour Owen.

FENDRIC : Alors c'est quoi ?

HARRISON : Ceci, une armoire, banale, mais ici alors on est dans un couloir sans issue c'est plutôt étrange.

FENDRIC : Mon cher Harrison, c'est pas trop classique pour ton Owen ceci ?

HARRISON : Regarde bien de plus près, mais attention on ne sait jamais, car les deux sont toujours au-dessus alors on va y aller discrètement vers ce meuble.

FENDRIC : On avance doucement, et voilà l'armoire, je n'y vois rien de particulier à cette armoire.

HARRISON : Le bois, mon cher Fendric, il est vieux, et ancien, cela fait des années que c'est ici et il est fixé au mur.

FENDRIC : Et où est la clé du passage si c'est ce meuble ?

HARRISON : Ce motif de fleur regarde, il est un peu avancé comparé au reste du bois qui l'entoure, Fendric appuie dessus je vérifie si nos deux tueurs n'ont pas bougé.

FENDRIC : Très bien mon ami, c'est ouvert Harrison, Harrison ? Seul, où est-il passé ? HARRISON vous êtes où ?

HARRISON : Fendric, entre dans ce passage, nos chers amis les tueurs ont bougé et ils sont 3 maintenant, monsieur à la canne, on l'a vu l'autre fois et tu m'en as parlé aujourd'hui, c'est celui qui a attaqué Oscar, celui tapi dans l'ombre, et comment dire il sait bien manier l'épée et les sabres aussi.

FENDRIC : Comment ça des sabres ?

HARRISON : Il a essayé de me tuer avec des sabres et après avec une épée, cours et descends vite dans le passage, j'essaye de le refermer pour éviter qu'ils nous suivent.

FENDRIC : Vous y arrivez ?

HARRISON : J'essaye, mais le souci, c'est que c'est coincé.

FENDRIC : Je vais vous aider.

HARRISON : Non fuis et préviens tes hommes de ce qui se passe, et n'oublie pas de revenir avec certains d'entre eux et armés.

FENDRIC : Armés ? À ce point-là, mais Harrison, tu n'aimes pas les armes.

HARRISON : Je sais mon cher Fendric je hais au plus haut point les armes à feu, mais vu ce qui se passe, on est un peu obligé d'utiliser la force, sinon c'est nous qui risquons de périr dans la mort, alors que ce sont eux les criminels et les tueurs.

FENDRIC : C'est vrai, bien je fuis, bonne chance ! On se retrouve dehors si tu réussis.

HARRISON : Bonne chance, bien pourquoi ça bloque cette porte, le mécanisme ou alors la porte qui est bloquée par quelque chose, et bien apparemment ce n'est ni l'un ni l'autre.

Pendant que Harrison était bloqué dans le passage à essayer de fermer une porte pour stopper pas un, mais trois tueurs qui étaient à ses trousses, dehors, Fendric sortait à peine et prévenait ces hommes, j'étais en train de noter petit à petit les preuves, si vous croyez que cela ne s'est jamais passé pourquoi vous lisez mes notes. Fendric courait vers la demeure pour aider Harrison avec une troupe de policiers.

Oscar était toujours un peu inconscient suite à ce qui s'était passé.

Vous allez sûrement me poser des questions si vous lisez. Oui je note tout ce qui s'est passé les faits sont récents je demande juste comment cela s'est produit quand je n'étais pas là. Vous êtes en train de lire mon carnet, Le carnet de Jeanne Smith.

FENDRIC : Vite, c'est par là, ils sont dangereux. Mademoiselle Smith, qu'est-ce que vous notez ?

J. SMITH : Rien.

FENDRIC : On court vers la demeure, venez avec nous, vous êtes en train de noter notre enquête ?

J. SMITH : On peut dire ça, c'est pour avoir des preuves, Fendric c'est pas dangereux pour moi ?

FENDRIC : Si, mais seulement vous pouvez le faire parler.

J. SMITH : À qui ? Ne me dites pas à l'homme qui a frappé Oscar.

FENDRIC : Oh si ! Il est là avec les deux autres tueurs.

Dans la lueur de la lune, l'assaut commença, je partais vers l'entrée principale, alors que les policiers allaient vers les autres portes du manoir. Fendric était avec moi et m'a expliqué qu'il fallait faire parler au maximum le chef de cette organisation pour pouvoir en apprendre plus.

Dans le hall d'entrée de cette demeure, seul le silence régnait, les bougies des lustres étaient fondues et la cire de celles-ci tombait sur le sol. Les portes à peine passées se fermaient par un vent glacial qui faisait peur, Fendric était dehors pour surveiller de loin, alors que les horloges du manoir n'arrêtent pas de faire des tic tac angoissants, une canne apparut derrière l'une d'entre elles, il commença bien entendu à me reposer la même question, mais différemment.

L'HOMME DE L'OMBRE : Avez-vous eu le temps de vous poser la question : quel est le prénom de Harrison ? Je ne pense pas que vous ayez eu le temps de vous la poser.

J. SMITH : Toujours dans l'ombre à ce que je vois ?

L'HOMME DE L'OMBRE : Oui toujours dans le noir de la nuit et l'ombre du jour, c'est à cause de Fendric que mes deux hommes de main ont dû tirer sur Harrison, oui c'est un jeu ma chère, je joue avec votre ami, peut-être plus tard je le tuerais. Mais ce ne sera pas maintenant ou à moins qu'il se soit déjà peut-être fait tuer en courant, par les deux hommes de main.

J. SMITH : Vous êtes en train de jouer avec les sentiments.

L'HOMME DE L'OMBRE : Comme en bon ennemi, et bien je vais vous laisser un indice : l'un de ces deux tueurs est celui que vous cherchez pour les 100 coups, pour l'autre ce sera pour plus tard, mais quand il va venir vous attaquer il sera plus terrible que maintenant. La question est permise vos suspects, oui je connais les noms que Harrison suspecte, lequel est le vrai tueur ? Je vais vous dire, Sir George Hugo Sydney n'était pas loin de l'opéra quand l'affaire a commencé ici, donc impossible ce n'est pas lui, mais néanmoins reste un suspect pour plus tard, il vous en reste deux, mais qui est le vrai tueur de cette affaire. Pour les deux restants, je vous laisse réfléchir, j'adore vous laisser réfléchir pour vous tourmenter davantage.

Pendant cette discussion qui tourmente mon esprit, les agents de Fendric fouillent la zone. Plus personne n'était dans le manoir, Harrison était introuvable dans le froid et le noir de cette nuit qui n'en finissait plus. Après un petit moment un des agents appela Fendric, celui-ci devait y aller, les agents demandèrent où était la sortie du chemin secret, Fendric montra l'endroit, mais malheureusement c'était peine perdue, à peine entré dans le chemin ils ne trouvèrent que des couteaux plantés dans les murs et des trous d'armes à feu. Alors que tout espoir était perdu une ombre derrière une petite montée se dessina en marchant lentement, à la lueur de la lumière d'un feu de bougies, on le reconnut tout de suite c'était Harrison essoufflé et qui cria « Je sais qui c'est » et après avoir repris un peu son souffle il finit sa phrase « Je sais qui est le tueur ».

Vous allez me dire qui est le tueur, il faut bien attendre l'explication entière de Harrison, ne vous en faites pas je l'ai noté, mais ça viendra un peu plus tard.

Alors qu'il criait et que tout le monde entendait ce que disait Harrison, L'homme de l'ombre partit sans avoir dit une dernière phrase : « Je vois qu'il sait qui est mon homme de main, et bien je lui souhaite bonne chance pour l'attraper, car ça ne va pas être une partie de plaisir. »

À peine partie dans l'ombre, je sortis et rejoignais Harrison et Fendric.

Oscar venait de se réveiller encore un peu sonné de son coup il marchait pas très droit.

Une fois que nous étions tous au même endroit, Harrison commença son explication, qui va durer en deux phases.

Première phase de l'explication de Harrison en pleine nuit après toute cette aventure dans ce manoir.

HARRISON : Je sais qui est ce tueur, je vais attendre, je reprends mon souffle, je disais, je vais vous expliquer ce qui m'est arrivé dans ce passage secret. Alors que le passage était étroit, un des deux tueurs a essayé de passer par la porte qui ne voulait pas fermer et bonne nouvelle c'était le tueur aux 100 coups et j'ai su à ce moment précis qui était cette personne, comment je l'ai deviné ? Grâce à ses mains.

FENDRIC : Tu as reconnu un tueur grâce à ses mains ? Tu peux développer Harrison.

HARRISON : Eh bien au moment où tu t'es enfui pour appeler tes agents, je suis ressorti de la cachette, un des tueurs était là devant moi et me lançait des couteaux, j'ai réussi à le blesser dans le noir au niveau de la main, il a sûrement dû perdre du sang avec cette obscurité je me suis repéré en le touchant. Mais j'ai réussi à voir quelque chose l'autre tueur a passé une arme à feu à cet homme blessé, il n'arrivait pas à tenir une arme à feu en main, il a essayé de tirer, mais il ne savait pas viser, après être retourné dans le passage l'autre tueur à essayer de m'attaquer est là je l'ai vu, un signe distinct il avait une sorte de cicatrice au poignet qui est tellement célèbre, que j'ai deviné qui avait cette cicatrice.

Bien après cette explication, Harrison nous laissa dans un silence, la deuxième phase de l'explication allait commencer que Harrison décida de le reprendre au lendemain.

Je dirais que dans ces pages de mon carnet j'ai pu réussir à avoir des informations, mais comme je dis c'est bien le début de la fin de cette aventure.

Chapitre X
Le début de la fin

Après cette soirée, on était tous dans un état horrible, Oscar a eu un mal de tête pas possible avec ce qui c'était passé. Alors que la plupart d'entre nous étions dans un sale état, Harrison était en forme, il nous a demandé de venir devant le tableau, tout le monde était convié sauf Basile bien sûr. Alors que tout le monde sauf Harrison était présent c'est-à-dire Oscar, Fendric, Charlie et enfin moi. Harrison arriva avec un journal dans la main et commença son discours et son explication de plan.

HARRISON : Je sais qui est le tueur, je sais comment l'arrêter, et enfin voilà notre cher tueur, quand dites-vous ? Il n'est pas magnifique dans cet article il dit qu'il aurait contribué dans l'affaire de l'industrie P. Industrie et ensuite il parle de sa cicatrice assez célèbre aux yeux des plus riches. Au passage je ne vous ai pas montré son visage. Le voici.

Harrison montre un dessin fait pour l'article en question.

HARRISON : Je sais c'est sûrement pas très fiable ni très réaliste un dessin, mais on n'a pas d'autre moyen pour avoir une représentation de la personne, bon pour le plan désolé pour les amateurs d'opéra je suis obligé de donner les quatre places à trois des agents de Fendric avec une place pour Basile. Le plan va devoir se faire demain, car notre cher Monsieur ici présent sur ce dessin a envoyé des menaces de mort sur cette réunion secrète entre plusieurs députés qui se passera demain soir ; on doit le coincer avant un autre massacre. Bien voici le plan, Jeanne prenez en note., je ne suis pas à 100 % sûr qu'il puisse marcher alors si vous avez des idées dites le moi.

Bien voici le plan, on va procéder comme ceci.

Chapitre XI
La fin de la partie

Je sais : « cher carnet ou cher lecteur », si un jour ce carnet est lu, je n'ai pas mis le plan, ni qui est le tueur c'est pour vous faire patienter, et pour que vous puissiez vous-même essayer de trouver qui il était. Je vais vous faire un petit rappel des suspects.

« Richard Lover » connu pour être un chasseur expert, ancien de la chambre des ministres, il n'aime personne depuis le scandale qui l'a touché. Doué au lancer de couteaux et aux tirs, il va sûrement revenir à la chambre des ministres, car la place s'est libérée.

« John Carter » devenu milliardaire dans le commerce, il est le fils d'un lanceur de couteaux dans un cirque. Il est riche et veut aussi la place de ministre, la famille du petit était des concurrents. Pour les armes à feu, on n'en sait rien.

« Sir George Hugo Sydney le Duc », qui s'est échappé devant moi, l'homme qui a fait la guerre, très doué en armes à feu, en couteaux et autres choses.

Parmi ces trois, nous avons éliminé Sir George Hugo Sydney, car il ne pouvait pas être un des deux tueurs et surtout le tueur aux 100 coups, car entre le manoir et l'opéra il y avait du chemin à faire et pas forcément le temps qui fallait pour y parvenir.

Entre Richard Lover et John Carter, qui est notre tueur d'après vous ? Allez je vous laisse du temps, le temps nécessaire pour vous expliquer la soirée de mon plan.

Acte 1

Alors que La Flûte enchantée commence à l'opéra pour les trois agents de police de la station 11 et Basile, ils doivent sûrement souffrir à cause du petit et de l'opéra, je pense.

Notre acte du plan commence

La réunion est dans le centre de Londres à l'abri de tous regards dans une cave. Toutes les stations de police sont mobilisées pour pouvoir l'avoir, le seul moment pour le capturer serait pendant qu'il commence à faire les 100 coups pour avoir le temps de le distraire.

Tout le monde est prêt et alors dans le silence des rues de Londres, à partir du moment où on entendit le premier coup le décompte commence au fur et à mesure des coups, notre cadence fit de même, le plan Harrison commença petit à petit à se mettre en place, nous étions des sortes de fourmis qui avançaient par groupes. Alors que le décompte était à 30, que le bruit s'interrompît pendant quelques minutes, nous avons pu entendre le calme de Londres puis cela repris près de la cachette. Le quartier était bouclé, de tous les côtés, des passages, des rues, des toits, tout était cerné.

Après des minutes à entendre ce bruit de coups, entre le 99e coup et le 100e, le tueur entra dans la cave, prêt à tuer les députés, mais il ne s'attendait sûrement pas à nous trouver là.

HARRISON : Bienvenu dans l'antre du démon Monsieur le tueur aux 100 coups, ravi de vous rencontrer sans que vous ayez eu le temps de vous cacher, désolé de vous dire cela, mais vous avez commis une erreur ce soir : c'est d'être seul. Si vous voulez me tuer faites-le donc, mais le souci c'est que mon cher ami Fendric est présent et il est plutôt bon tireur, et aussi pas la peine de vous enfuir, tout le quartier est cerné, voire même tout Londres est bouclé., Fendric je te laisse l'honneur de lui mettre les menottes. Désolé de vous dire une dernière chose, je crois que les journalistes sont déjà au courant. Ce sont de vrais rapaces pour les informations croustillantes.

À peine sorti avec le tueur que les journalistes arrivent au plus vite sur le lieu de son arrestation et Harrison prit la parole.

Journaliste : Monsieur Harrison, Comment avez-vous su qui était le tueur ?

HARRISON : À cause de sa cicatrice au poignet.

J. KILLER : Comment avez-vous pu le capturer, Monsieur Harrison ?

HARRISON : Monsieur Killer, tiens tiens, eh bien je vais vous le dire chers journalistes ici présents.

Un peu plus tôt

HARRISON : Je sais qui est le tueur, je sais comment l'arrêter, et enfin voilà notre cher tueur Monsieur Richard Lover, qu'en dites-vous, il n'est pas magnifique, dans cet article il dit qu'il aurait contribué dans l'affaire de l'industrie P. Industrie et ensuite il parle de sa cicatrice assez célèbre aux yeux des plus riches.

OSCAR : Attendez, juste avec une cicatrice vous avez deviné ?

HARRISON : Pas qu'avec cette cicatrice, sa motivation et aussi Fendric m'ont aidé. J'ai demandé que des Agents soient envoyés pour interroger le majordome de Richard Lover. Il leur a dit que son maître avait une attitude étrange depuis quelques mois, et qu'il était parti plus tôt hier soir sans aucune raison. Pour John Carter, un des agents, a interrogé ses domestiques, et ceux-ci ont tous dit qu'il avait vu leur maître présent toute la soirée d'hier soir (à part s'il les force à ne pas dire la vérité, je pense qu'il nous reste un seul coupable). Pour être sûr, il faudrait qu'on l'arrête lorsqu'il est prêt à tuer pour cela, je vais dans la cachette où était prévue cette réunion. Je pense qu'il y a une fuite dans notre police, il a été mis au courant de certaines choses, c'est pour cela qu'on l'on n'en parle qu'en privé. Les autres stations ont juste été prévenues qu'il y aurait une arrestation, mais ils ne savent pas de qu'il s'agit, ni du lieu. Au début on était prévenu discrètement du plan, mais je ne suis plus tout à fait sûr. J'ai failli oublier, je ne vous ai pas montré son visage, et bien, le voici.

Harrison montra un dessin fait pour l'article en question.

J. SMITH : Il ressemble à ça ?

HARRISON : Je sais c'est sûrement pas très fiable ni très réaliste un dessin, mais on n'a pas d'autres moyens pour avoir une représentation de la personne, bon pour le plan, désole pour les amateurs d'opéra, je suis obligé de donner les quatre places à trois des agents de Fendric ainsi qu'une place pour Basile.

CHARLIE : Les pauvres, je l'ai plaint.

FENDRIC : Chut ! On écoute le plan de Harrison.

HARRISON : Le plan va devoir se faire demain, car notre cher Monsieur ici présent sur ce dessin a envoyé des menaces de mort sur cette réunion secrète concernant plusieurs députés qui se passera demain soir on doit le coincer avant un autre massacre. Bien voici le plan, Jeanne prenez-en note, je ne suis pas à 100 % sûr qu'il puisse marcher alors si vous avez des idées dites le moi. Bien voici le plan, on va procéder comme ceci…

Et voilà où on en était je vous ai remis toute la discussion, bien sûr Harrison a raccourci pour les journalistes. Le plan, je vais le nommer différemment, car on a tous notre petite idée à proposer :

Plan 1 : l'original de Harrison

Harrison a proposé dans son plan de remplacer les députés et de les mettre ailleurs à un endroit où personne ne pourrait les trouver, et de mettre quelques agents de police pour boucler le quartier du lieu de la première réunion.

Plan 2 de Oscar :

Oscar quant à lui a proposé qu'il fallait peut-être suivre notre tueur discrètement et une personne nous donnera les informations sur l'avancée de notre cible.

Plan 3 de Fendric :

Fendric a proposé : au lieu de boucler le quartier, de boucler tout Londres au cas où notre tueur s'échapperait, pour que l'on puisse le rattraper avec des policiers déguisés et que les autres agents des autres stations ne sachent pas qui on arrête véritablement.

Plan 4 : celui de Charlie

Charlie s'est proposé pour suivre notre tueur, il serait le cocher de celui-ci et de l'emmener là où il désirerait aller.

Plan 5 : le mien

Quant à moi j'ai proposé que l'on suive le tueur depuis le début de la journée, on mettrait un agent déguisé qui accompagnerait Charlie qui donnerait les informations à une autre personne complice. Je me suis proposé pour suivre le suspect là où il se rendra, c'est-à-dire dans un spectacle de théâtre et signaler à l'agent s'il partait pour se tenir prêt.

Plan 6 : Le plan final qui a été mis en œuvre

Et voici enfin le plan qui a été retenu via nos idées.

Charlie avec un agent qui sera déguisé en apprenti cocher qui va renseigner nos complices qui seront dispersés dans Londres. Charlie ira chercher Mister Lover à son manoir qui a demandé son cocher personnel pour l'emmener au théâtre, bien entendu le cocher de mister lover est un de nos complices, Charlie dira tout simplement qu'il remplace son cocher, car il est malade, ensuite après qu'il l'aura déposé au théâtre, ce sera à mon tour de jouer. Je serais un rang derrière lui, avec des agents dans la salle, déguisés en hommes d'affaires qui relieront les informations au plus vite vers Fendric, si notre tueur quitte la salle je devrais le dire à un des agents de police qui passera le message à un autre qui devra courir le dire à Fendric. Ensuite s'il quitte le théâtre soit à pied pour être discret ou, s'il prend le cocher, il demandera sûrement d'être déposé quelques rues avant de commettre son crime, ensuite ce seront les policiers qui iront petit à petit boucler le quartier. À la fin des 100 coups alors s'il essayait de tuer les députés en entrant par la porte ou un autre moyen, il tomberait sur Harrison et Fendric qui seront à l'intérieur pour l'arrêter ;

Le plan était conclu ; il fallait juste espérer qu'il allait fonctionner, sinon on était obligé d'en refaire un autre et de devoir vivre avec le scandale d'autres meurtres sur nos épaules.

Eh bien le plan ci-dessus a bien failli ne pas réussir, car Monsieur Lover est parti du théâtre, ni à pied ni accompagné d'un cocher, mais par un autre moyen, on l'a perdu de vue pendant de longues minutes, mais par chance une des personnes de notre opération l'a reconnu dans une rue très loin du lieu où il devait être.

On suppose qu'il a dû passer par de petites ruelles inconnues ou par les toits de Londres.

Après l'explication de Harrison devant les journalistes, le tueur sort menotté et emmené vers une calèche de la police, la seule phrase qu'il a dite :

Vous n'avez pas de preuves, pour le reste, en un mot il n'est pas un criminel pour lui.

Ce qui l'attendait, c'était la pendaison après être passé devant la justice. Tout était enfin terminé… presque après être rentré.

Chapitre XII
La fin d'une aventure ?

Janvier 1831 à Londres,

Il faisait un froid d'hiver ce soir-là. J'étais en train de lire mon carnet sur l'affaire qui venait de finir il y a à peine quelques jours. Dehors il n'y avait que les curieux dans les rues qui essayaient de voir où j'habitais pour me poser des questions. Ce soir-là, c'était différent, mais ressemblait à la première nuit du meurtre, il était environ 22 h quand tout à coup une personne tape à ma porte. C'était mon ancien patron, Monsieur Ferrand, il avait l'air paniqué comme la première fois. Je lui ouvris la porte, il avait l'air d'un « spectre ».

FERRAND : C'EST UN MALHEUR MADAME SMITH, JE SUIS MAUDIT.

Comment ça Monsieur ? Il me répondit « j'ai tout perdu », il n'arrête pas de répéter cette phrase. Expliquez-moi, lui dis-je. Il m'expliqua que la nouvelle secrétaire était minable, qu'elle ne faisait rien et lui avait fait perdre plein d'argent. Il me posa une question.

FERRAND : Voulez-vous revenir, je vous prie ?
OSCAR : Vous lui aviez répondu quoi ?

Le lendemain

J. SMITH : Je lui ai dit.
HARRISON : Elle a dit oui Oscar, je pense ?
OSCAR : Vous n'avez pas fait ça ?
FENDRIC : Harrison blague, elle a dit non c'est sûr.
J. SMITH : Non merci, mais je travaille déjà pour de merveilleuses personnes c'est ce que je lui ai dit.
OSCAR : Ouf pour cela d'ailleurs ce matin on a parlé avec Harrison et Fendric pour le p'tit Basile, c'est soit l'orphelinat soit l'adoption, résultat on a parlé pendant une heure de cette décision, et j'ai décidé de l'adopter.
CHARLIE : Oh non par pitié, je vais devoir le subir encore.
HARRISON : Eh bien oui, vu qu'on est là on va fêter la fin de cette affaire d'ailleurs après la fête cela vous dit que je vous montre ma nouvelle expérimentation.
OSCAR : Pas ça Harrison, j'ai dit quoi sur les expérimentations scientifiques et physiques ratées.
HARRISON : Ne vous inquiétez pas, c'est juste de l'eau de la Tamise avec cette poudre blanche, ça ne va rien faire.

Bien en réalité le « ça ne va rien faire » était faux, on était devenu blanc comme neige avec ce petit essai. En tout on peut enfin conclure : « le tueur aux 100 coups et pour ceux qui imaginent que ça va être ennuyeux après, et bien pas vraiment. »

FENDRIC : C'est la dernière fois que vous faites des expérimentations même avec de l'eau.

OSCAR *tousse* **:** C'est horrible cette poudre, Jeanne apparemment vous écrivez un carnet sur nous ?

J. SMITH : Oui pour garder une trace écrite.

HARRISON : Nommez ce que vous écrivez.

J. SMITH : Les aventures d'Harrison ? Et les titres, les noms des tueurs ?

HARRISON : Bonne idée ça.

AGENT : Monsieur Harrison.

OSCAR : Un de vos agents Fendric ?

FENDRIC : Oui celui pour les courriers d'aujourd'hui.

HARRISON : C'est pour quoi ?

AGENT : Un vol monsieur, on vous a demandé.

HARRISON : L'adresse ?

AGENT : Buckingham.

HARRISON : La rue ?

AGENT : Non monsieur le palais de Buckingham le roi s'est fait voler cette nuit. Apparemment un diamant assez rare, on vous demande vous et vos acolytes de toute urgence.

HARRISON : Oscar, Jeanne pas le temps de traîner, Charlie prépare les chevaux on fonce, Fendric tu viens aussi.

Et voilà l'aventure ne faisait que reprendre. Les aventures d'Harrison et de nous-mêmes dans le crime et les meurtres.

A. Smith

Imprimé en France
Achevé d'imprimer en septembre 2023
Dépôt légal : août 2023

Pour

Le Lys Bleu Éditions
40, rue du Louvre
75001 Paris